시그니처

저주를 부르는 사인

시그니처 저주를 부르는 사인

초판 1쇄 인쇄 | 2022년 10월 5일
초판 1쇄 발행 | 2022년 10월 12일

지은이 | 정명섭
펴낸이 | 박영욱
펴낸곳 | 북오션

경영지원 | 서정희
편   집 | 고은경 · 조진주
마케팅 | 최석진
디자인 | 민영선 · 임진형
SNS마케팅 | 박현빈 · 박가빈

주   소 | 서울시 마포구 월드컵로 14길 62 북오션빌딩
이메일 | bookocean@naver.com
네이버포스트 | post.naver.com/bookocean
페이스북 | facebook.com/bookocean.book
인스타그램 | instagram.com/bookocean777
전   화 | 편집문의: 02-325-9172   영업문의: 02-322-6709
팩   스 | 02-3143-3964

출판신고번호 | 제 2007-000197호

ISBN 978-89-6799-713-7 (03810)

정명섭
장편소설

시그니처

저주를 부르는 사인

Signature

Bookocean

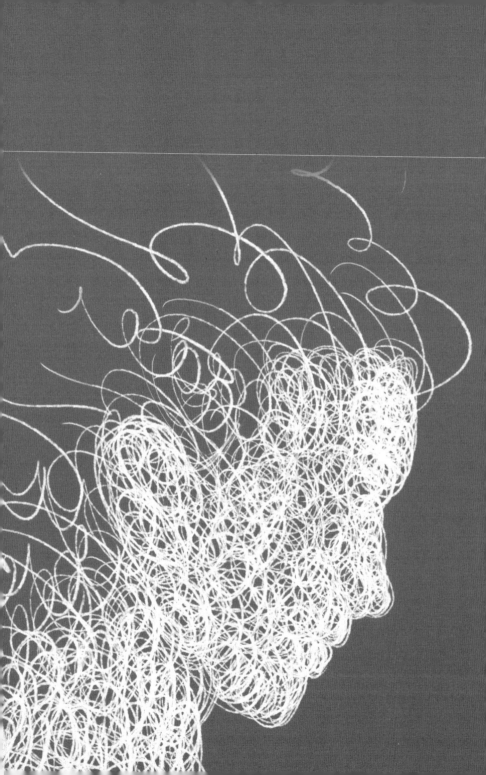

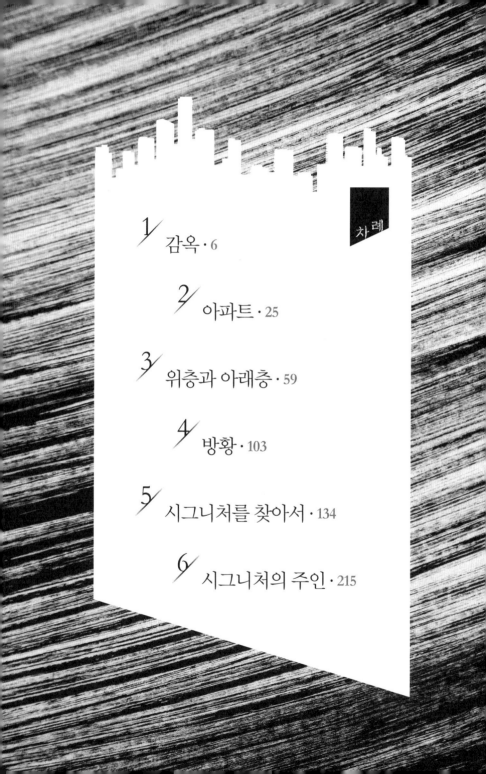

차 례

1

———

감
옥

"엄청 많이 몰렸네."

남기준은 입구에 구름떼처럼 몰린 구경꾼들을 보면서 여자 친구인 이은영에게 말했다. 그냥 들어가지 말고, 근처에 있는 음식점에 가자는 신호였다. 하지만 여자 친구의 시선은 여전히 입구로 향했다.

"오늘밖에 공개 안 한다고 하잖아. 얼른 가자."

여자 친구의 말에 남기준은 별다른 대꾸를 하지 못하고 입구로 걸어갔다. 170센티미터 중반의 키에 적당한 몸매를 가진 그는 30대 초반으로 테 없는 안경을 썼다. 청바지에 스웨터 차림인 그는 여자 친구를 바라봤다. 160센티미터를 살짝 넘는 키의 그녀는 거래처 직원이 소개해줬다. 싹싹한 성격에 붙임성이 좋고, 영화를 좋아한다는 공통점이 있어서 금방 친해졌다. 궁합도 안 본다는 네 살 차이라서 연애는 순조롭게 흘러갔다. 말이 없고 속내를 드러내지 않는 성격을 가진 남기준으로서는 자신과 정반대의 성격을 가진 그녀가 더없이 편했다. 이런저런 생각을 하는 사이 교도소 앞에 도착했다. 서울에 유일하게 남아있던 서울 서부 교도소였던 이곳은 작년에 수도권으로 이전했다. 그리고 아파트 단지로 재개발이 결정되었다. 지하철역에서도 가깝고 인천과 서울 중심가를 연결하는 도로가 바로 앞에서 지나갔다. 그래서 이전 얘기가 오래전부터 나왔지만 이제야 겨우 문을 닫은 것이다. 내년에 결혼할 예정인 여자 친구는 이곳의 청약에 관심을 보였다. 그리고 직접 와서 보고 싶다는 말을 했다. 마침, 철거 직전에 하루 동안 공개한다는 소식을 알게 되면서 자연스럽게 데이트 겸 방문하게 된 것이다. 남기준은 사람들이 갇혀있던 감옥을 둘러본다는 사실이 그다지 내키지 않았다. 그래서 몇 번이고 다른 곳에 가자고 했다가 핀잔만 들었다. 결국 여자 친구를 따라 교도소 구경을 하러 왔다. 반세기 전에 만들어진 서울 서부 교도소는 시멘트 블록으로 만든 담장이 높다랗게 걸려 있었다. 작년에 문을 닫았고, 오랫동안 사람들이 지내지 않은 탓에 교도소는 황량하기 그지없었다. 제일 먼저 눈에 띈 것은 담장과 붙어있는 감시탑이었다. 팔각형 감시탑의 감시대는 철망으로 둘려져 있었는데 나무가 무성하게 자라나서 그 사이로 삐죽 튀어나온 것이다. 출입문 바로 안에서는 신분증 검사를 하고 있는 중이라 잠시 지체되었다. 그 사이에 남기준은 고개를 들어서 아치형 현판을 올려다봤다. 어릴 때 봤던 현판과 비슷했다.

"어린 시절부터 이 동네에 살았잖아. 그래서 이 앞을 지날 때마다 매번 궁금했어. 그래서 한번은 시장가는 어머니를 따라서 가다가 여기가 어디냐고 물었지."

"뭐랬어? 어머니가?"

"뺨을 맞았지. 그러면서 엄마 말을 안 들으면 저기 들어가서 평생 나올 수 없다고 하셨어."

"어머, 너무했다. 우리 자기를 때리고 말이야."

여자 친구가 가볍게 웃으며 뺨을 토닥거려줬다. 고집이 세긴 하지만 사람 마음을 잘 달래주었다. 어린 시절부터 이상하게 부모에게 정을 느끼지 못한 남기준에게는 그런 자리를 메꿔주는 여자 친구가 정말 고마운 존재였다. 그 사이, 신분증 검사가 끝나고 두 사람은 드디어 교도소 안으로 들어갔다. 사람들의 어깨와 머리 너머로 보이는 교도소 풍경은 더없이 황량했다. 풀 한 포기 없는 넓은 운동장 너머에는 더없이 칙칙해 보이는 건물들이 여기저기 흩어져 있었다. 대부분 2층 정도의 낮은 건물이었고, 창문에는 쇠창살이 붙어 있어서 누가 봐도 사람을 가두는 곳이라는 것을 알 수 있었다. 운동장과 교도소 건물 여기저기에 구경을 온 사람들이 흩어져 있었다. 남기준의 생각보다 많았는데 하루만 개방을 하는데다가 곧 없어진다는 얘기를 듣고 온 것 같았다. 교도소는 방문객들이 느낄 칙칙한 분위기를 조금이라도 덜어보려고 하는지 뜬금없어 보이는 만국기가 펄럭거리고 어디에 설치했는지 모를 앰프에서 가벼운 음악이 흘러나왔다. 그 모습을 본 여자 친구가 중얼거렸다.

"분위기 완전히 으스스해."

"감옥이잖아."

"그렇지. 저쪽부터 둘러보자."

놀이공원을 가도 귀신의 집부터 가고 첫 데이트 때도 호러 영화를 보러갔던 여자 친구는 금방 호기심을 드러냈다. 어두운 분위기를 조금이라도 누그러뜨리기 위해서인지 운동회 때 쓰는 만국기 깃발과 알록달록한 그림이 그려져 있는 천막들이 곳곳에 세워져있었다. 건물의 옥상에는 몰려드는 사람들을 찍기 위해서인지 큰 카메라를 든 사진사들이 마치 경계병처럼 서 있었다.

　맨 처음 간 곳은 일반 사동이라고 불리는 곳이었다. 하얀색 페인트를 칠한 외벽 사이로 붉은색 벽돌들이 기둥처럼 서 있었다. 녹슨 철문을 지나자 긴 복도가 모습을 드러냈다. 천정 위로는 배관 파이프와 검정색 케이블들이 쭉 이어지는 중이었다. 복도 양쪽으로는 하늘색으로 칠한 감방의 문들이 하나씩 보였는데 대부분 닫혀있었지만 양쪽에 하나씩은 문을 열어뒀다.
　"들어가 보라고 열어놓은 모양이네."
　남기준의 말에 여자 친구가 대답했다.
　"감옥 체험하라는 거네."
　안 그래도 앞에 있는 부모가 아이보고 공부 못하면 이런 데 들어가서 살아야 한다고 말하면서 안으로 밀어 넣었다. 아이는 안 들어가려고 발버둥을 치면서 울었다. 그걸 본 여자 친구가 팔짱을 슬쩍 끼면서 말했다.
　"우린 애한테 저러지 말자."
　파도처럼 밀려오는 행복감에 남기준은 말도 못하고 웃기만 했다. 그런 남기준의 모습을 본 여자 친구가 손으로 입을 가리고 웃었다. 그렇게 웃고 떠들면서 복도를 지나갔다. 양쪽의 창문들은 아주 촘촘한 쇠창살로 막혀있었다. 쇠창살이 붙은 창문 너머로 앞쪽의 건물이 보였다. 회색 페인트가 칠해진 벽에 붉은색 벽돌이 기둥처럼 노출되어 있었다. 복도 끝에는 쇠창살로 된 문이 하나 더 있었고, 거길 들어가자 분위기가 사뭇 달라졌다. 여기도 양쪽 복도에 문들이 쭉 있었는데 제일 앞에 있는 문이 하나 열려있었다.

"여긴 어디야?"

한 손에 휴대폰을 쥔 여자 친구가 살짝 겁먹은 표정으로 주변을 돌아봤다. 일반 사동보다 복도가 더 좁았고, 분위기도 웬지 모르게 서늘했기 때문이다. 주변을 돌아보던 남기준은 뭔가를 보고 대답했다.

"1하 5실. 조사 징벌방이네. 1명이 들어가는 독방 같아."

"감옥에 오는 징벌인데 또 벌을 받는 셈이네."

여자 친구의 말에 남기준은 고개를 끄덕거렸다.

"독방이니까 더 힘들겠지."

그러면서 문이 열린 독방을 슬쩍 바라봤다. 진짜 문짝만한 넓이에 사람이 하나 누우면 꽉 찰 것 같은 비좁은 공간이 나왔다. 장판이 깔려있고, 실제 죄수가 사용했을 것 같은 베개와 모포가 보였다. 벽 쪽에는 쇠창살이 촘촘하게 쳐진 창문과 그 아래 좌

변기가 있었고, 장판이 깔린 공간 사이에는 아래쪽만 가릴 수 있는 문이 보였다. 그걸 본 남기준이 중얼거렸다.

"분위기 살벌하네."

"어유, 무서워."

그때 한 무리의 구경꾼들이 남기준과 여자 친구를 스쳐지나 갔다. 그들을 힐끔 본 여자 친구가 말했다.

"근데, 오빠."

"응."

"여기 보러 온 사람 중에 예전에 여기 갇혔던 사람이 왔을까?"

여자 친구의 물음에 남기준은 '풋' 하고 웃고 말았다.

"갇혀서 개고생했을 텐데 무슨 추억이 있다고 다시 오겠어."

"그렇긴 하지."

"그럼."

남기준이 맞장구를 치는데 여자 친구의 휴대폰이 울렸다. 전화를 받은 여자 친구가 잠깐 통화를 하겠다는 손짓을 했다. 남기준이 알겠다고 하자 그녀는 벽을 보고 돌아섰다. 갑자기 혼자가 된 남기준은 바로 앞에 있던 감방에서 밀려나오는 싸늘한 바람을 느꼈다.

"뭐지?"

처음에는 어디 창문 같은 곳에서 바람이 들어온 줄 알았다. 하지만 길쭉한 감방 안의 창문은 굳게 닫혀있었다. 거기다 바람도 이상했다.

"너무 끈끈해."

바람이라기보다는 에어컨 실외기가 내뿜는 뜨거운 공기 같았다. 거기에 더해서 마치 악의에 가득 찬 누군가의 입김 같다는 느낌도 들었다. 눅눅하고 끈적거리는 바람을 맞자 저절로 얼굴이 찌푸려졌다. 그리고 자기도 모르게 감방 안으로 들어갔다. 진짜 양쪽 어깨가 벽에 닿을 정도로 좁은 곳이었다. 벽에는 회백색 벽지가 발라져 있었는데 낙서 같은 게 보였다. 예전 설악산에 놀러 갔을 때 아무도 없는 걸 보고 몰래 바위에 낙서했던 기억을 떠올린 남기준은 가볍게 웃었다. 하지만 가까이 가서 낙서를 들여다보는 순간 웃음은 싹 사라져버렸다.

"뭐지? 이건."

볼펜으로 끄적거린 것 같은 그림들은 하나같이 기괴하고 참혹했다. 특히 오른쪽 벽의 옷걸이 비슷하게 생긴 것 위에 그려진 것은 뭐라 형용할 수 없을 만큼 무서웠다. 위쪽은 양복 같은 것을 입은 남자의 모습이었는데 머리는 마치 못이 삐죽삐죽 튀어나온 것같이 그려 놨다. 어릴 때 봤던 〈헬레이저〉라는 옛날 영화에 나오는 핀 헤드같이 못들이 박혀있는 모습이었다. 두 손은 육각 렌치처럼 그려졌고, 두 다리는 망치, 그리고 그 사이에 있는 음경은 커다란 볼트처럼 보였다. 특히 볼트 부분은 볼펜으로 새까맣게 칠해서 금방 눈에 띄었다. 그 아래에도 그림이 하나 더 그려져 있었다. 날개를 활짝 펼친 새가 목이 90도로 꺾여 있는 모습이었다. 그런데 꺾인 목덜미 안에서 아주 작은 십자가 같은 것들이 튀어나왔다.

"대체 무슨 의미지?"

이상한 바람은 멈췄지만 눅눅함은 그대로 남았다. 거기에 아까부터 느꼈던 오싹함이 더해지자 눈 밑이 파르르 떨렸다. 일단 나가야겠다는 생각을 하는데 뒤에서 낯설고 묵직한 남자의 목소리가 들렸다.

"내가 있던 곳이 여기였나?"

그 얘기를 듣는 순간 남기준은 가슴이 철렁 내려앉았다. 아까 여자 친구의 얘기처럼 이곳에 수감되어 있던 사람이 다시 돌아와서 살펴보러 온 것이었다. 놀란 남기준은 못 들은 척 뒤를 돌아보지 않고 앞만 바라봤다. 혹시나 돌아봐서 눈이라도 마주친다면 무슨 일을 당할지 몰랐기 때문이다. 거기다 독방의 벽에 이상한 그림을 그려놓은 걸 보면 제 정신이 아닐 가능성도 높았다. 그렇게 우두커니 벽에 있는 창문만 바라봤다. 아까 느꼈던 기분 나쁜 바람이 귓가를 계속 스쳤고, 온몸에 힘이 들어가다 보니까 마구 떨려오기 시작했다. 등 뒤의 남자는 사라졌는지 아니면 반응을 보느라 그대로 있는지 도통 알 수가 없었다. 속으로 제발 가라고 중얼거리면서 식은땀을 흘렸다. 그러다가 어깨에 손이 걸쳐졌다. 바짝 긴장하고 있던 남기준은 저도 모르게 비명을 질렀다. 그러자 한 손을 그의 어깨에 올린 여자 친구가 놀랐다.

"오빠!"

익숙한 여자 친구의 목소리를 들은 남기준은 천천히 고개를 돌렸다. 한 손에 휴대폰을 든 여자 친구가 의아한 표정으로 그를 바라보고 있었다.

"왜 그렇게 땀을 흘리고 있어?"

"어, 그, 그냥. 내 뒤에 아무도 없었어?"

조심스러운 남기준의 물음에 여자 친구는 고개를 저었다.

"아까 그 사람들 말고는 안 지나갔어."

그때서야 잘못 들었다는 안도감에 저도 모르게 한숨을 쉬었다. 그때 여자 친구가 벽에 그려진 낙서를 봤다.

"어머, 저거 뭐야?"

남기준은 얼른 여자 친구의 등을 떠밀었다.

"재소자들이 낙서한 거 같아. 어서 나가자."

여자 친구와 나온 남기준은 혹시나 하고 복도를 돌아봤다. 근처에는 아무도 없었고, 아까 봤던 구경꾼들이 저 멀리 보였다. 이마에 흐르는 식은땀을 손등으로 훔친 남기준이 중얼거렸다.

"귀신이 곡할 노릇이네."

"갑자기 웬 귀신? 저기에 귀신이 나왔어?"

여자 친구의 물음에 남기준은 이마를 찡그리며 고개를 저었다.

"아냐. 어서 가자. 둘러볼 곳이 많잖아."

서둘러 여자 친구를 데리고 그곳을 벗어났다. 복도 끝 쇠창살로 된 문까지 뒤도 돌아보지 않고 걸어온 남기준은 그곳을 넘은 다음에야 뒤를 돌아봤다. 아까 나온 독방의 문 앞에 아무도 없는 것을 보고 안도의 한숨을 쉬었다. 그리고 다시 힐끔 바라 본 남기준은 그대로 굳어버렸다. 남루한 차림의 중년 남성이 서 있는 게 보였기 때문이다.

"방금 전까지 아무도 없었는데."

놀란 남기준은 숨이 탁 막혔다. 그러면서 눈이 잠시 흐려졌는데 몇 번 껌뻑거리고 나서야 겨우 원래대로 시야가 돌아왔다. 그런데 기가 막히게도 이번에는 독방의 문 앞에 서 있던 중년 남성이 보이지 않았다. 남기준이 이상한 모습을 보이자 여자 친구가 걱정스러운 얼굴로 올려다봤다.

"왜 그래? 자기야. 아까부터 땀을 너무 많이 흘리네."

"아, 아무것도 아니야. 저기도 가볼까?"

남기준은 연신 괜찮다고 하면서 교도소 내부를 돌아봤다. 교도소 안에는 생각보다 많은 것들이 있었다. 죄수들이 직접 지었다는 작은 교회부터 작업장, 그리고 영화나 드라마에서 많이 나오는 접견실을 구경했다. 격자로 된 쇠창살 너머로 면회를 온 가족이나 친구를 볼 수 있도록 되어 있었는데 직접 안으로 들어오니까 알 수 없는 으스스함을 느꼈다. 하지만, 접견실의 유리창에는 음란행위 금지라는 종이가 붙어있어서 여자 친구와 대체 왜 저런 게 붙어있냐며 키득거리기까지 했다. 접견실이 있는 복도 끝에는 군대 PX 같이 생긴 구내매점이 있었다. 그 뒤는 취사장과 연결되어 있었다. 벽에 하얀 타일을 붙인 취사장은 영락없이 군대의 취사장과 닮아있었다. 취사장 바로 바깥에는 콘크리트로 만든 커다란 풀장 같은 게 있었다. 그걸 본 남기준은 죄수들이 수영도 하느냐며 놀라워했다. 그러자 여자 친구가 옆에 붙어있는 안내판을 보고는 대답했다.

"풀장이 아니라 배추 절이는 곳이래."

"여기다가?"

"응, 사람이 많으니까 여기 한꺼번에 넣고 소금물에 절이나봐."

그다음으로 돌아본 곳은 2층의 자치 사동이었다. 입구에는 옛날 학교에나 있던 세면대와 녹슨 수도파이프가 보였다. 영화나 드라마에서 봤던 여러 명의 죄수들이 지낼 수 있는 넓은 공간이었다. 창가 쪽에 화장실이 하나 있고, 나무로 만든 벽장과 책상 같은 것들이 보였다. 감방 안에는 쓰레기들이 버려져 있었는데 특이하게도 죄수들이 신던 것 같은 신발 한 짝이 뒹굴었다. 여자 친구는 신기한지 여기저기 돌아봤고, 남기준 역시 교도소 내부는 처음이라 호기심 어린 눈길로 바라봤다. 그러면서도 혹시나 아까 봤던 것과 비슷한 낙서가 있을지 몰라서 꼼꼼하게 살펴봤다. 하지만 자치 사동이나 다른 곳에서는 그런 괴상한 낙서를 발견하지 못했다. 그리고 이상한 목소리의 주인공이라고 생각되는 중년 남자도 안 보였다. 어느 정도 돌아봤는지 여자 친구가 남기준에게 말했다.

"이제 다 봤으니까 밥 먹으러 갈래?"

"그러자."

남기준은 여자 친구와 함께 교도소에서 본 것들에 대해서 얘기를 나누면서 밖으로 나왔다. 복도의 창문 역시 촘촘한 철망으로 막혀 있었는데 그 너머로 파란 하늘과 바로 옆 아파트 단지의 고층 아파트들이 보였다. 무심코 바깥 풍경을 본 남기준은 저도 모르게 중얼거렸다.

"분노했을 거 같아."

"누가?"

여자 친구의 물음에 남기준은 자신이 바라본 아파트와 하늘을 가리켰다.

"죄수들. 바로 바깥이 아무것도 없으면 모르겠는데 저렇게 아파트도 있고, 사람들도 엄청 많이 다니잖아. 그러니 얼마나 더 미웠겠어."

"말도 안 돼. 자기가 잘못해서 감옥에 왔는데 누굴 미워해."

이런저런 얘기를 주고 받으면서 건물을 나와 정문이 있는 오르막길을 천천히 올라갔다. 그런데 아까와는 달리 사람들이 엄청나게 많이 몰려 있었다.

"뭐지?"

남기준이 중얼거리자 그쪽을 바라본 여자 친구가 대답했다.

"단상 위에 누가 올라가 있네."

가까이 가서 살펴보니 지역구 국회의원이었다. 파란색 양복을 차려입은 그는 단상 위에 올라서 마이크를 앞에 대고 연설을 하는 중이었다. 지역민들의 오랜 숙원사업인 교도소 이전을 해냈으며, 이제 이 자리에는 대규모 아파트 단지와 종합 쇼핑몰이 들어설 것이라고 말했다. 그 얘기를 듣던 사람들이 일제히 손뼉을 쳤다. 그걸 본 남기준이 중얼거렸다.

"왜 저렇게 좋아할까?"

"집값 오르니까 그렇지. 여기 교도소 때문에 개발이 안 되었다며."

여자 친구의 얘기에 남기준은 주변의 아파트들을 바라봤다. 아파트 외벽에는 교도소 이전을 환영한다는 현수막이 길게 걸려 있었다. 바람에 펄럭거리는 그 현수막 아래로 지역구 국회의원의 목소리가 마이크를 타고 울려퍼졌다.

"제가 이 일을 해냈습니다. 지난 30년간 그 어떤 지역구 국회의원도 못해낸 일을 바로 제가 해낸 것입니다. 앞으로 여기에 30층 높이의 아파트와 종합 쇼핑몰이 들어서면 서울에서 공시지가가 가장 낮은 곳이라고 놀림받은 이곳의 집값이 엄청나게 오를 겁니다."

"그렇겠지. 도로 바로 옆인데다가 쇼핑몰까지 들어오면."

옆에 서 있던 여자 친구가 흐뭇한 표정으로 중얼거렸다. 이곳에 새로 지어질 아파트에 청약을 넣어둔 상태였다. 순위가 높아서 아마 될 것 같다는 부동산 업자의 말에 여자 친구는 정말 기뻐했다. 너무 좋아하는 걸 본 남기준은 혹시 자기가 아니라 아파트와 결혼하는 건 아닌가라는 생각을 할 정도였다. 어쨌든 남기준은 조용히 지역구 국회의원의 연설을 들었다. 그 후로도 자신의 업적을 자랑한 국회의원은 뒤쪽의 벽을 가리켰다. 다른 곳과는 달리 하얀색 페인트로 깔끔하게 칠해진 벽에는 굿바이 서부 교도소라는 글씨가 그라피티로 적혀있었다.

"이제 제가 저 벽을 허물겠습니다. 교도소라는 커다란 짐을 없애고 발전하는 우리 지역구로 나아가는 길을 제가 열어드리겠습니다."

지역구 국회의원의 외침에 모여든 사람들이 손뼉을 쳤다. 남기준은 여자 친구와 빨리 지나가고 싶었지만 좁은 정문 부근에 사람들이 너무 많이 몰려있어서 좀처럼 지나갈 수 없었다. 덕분에 그라피티가 있는 하얀 벽이 요란한 연기와 함께 무너지는 걸 지켜봐야만 했다. 무너지는 벽 너머에 혹시나 아까 봤던 중년의 남성이 보일까 걱정했지만 다행히 연기 밖에는 없었다. 요란하게 쏟아지는 박수 소리를 뒤로 하고 남기준은 여자 친구의 손목을 잡고 겨우 교도소를 빠져나왔다. 참았던 숨을 내뱉은 남기준은 여자 친구를 돌아봤다.

"가자."

여자 친구가 알겠다고 하고 덥석 팔짱을 끼었다. 남기준은 교도소에서 마주쳤던 괴상한 낙서와 이상한 현상에 대해서 잊어버리려고 애를 썼다. 그리고 교도소와 멀어질수록 그런 생각들이 사라져버렸다. 대신 머리에는 내년으로 예정된 결혼과 회사생활 같은 현실적인 문제들로 채워지기 시작했다.

2

———

아
파
트

"자! 이게 마지막입니다."

이삿짐센터의 넉살 좋은 직원이 포장된 박스를 내놓고는 유쾌하게 웃었다. 하지만 남기준과 아내 이은영이 굳은 표정으로 서 있는 걸 보고는 뒷머리를 긁적거리며 문을 닫고 나갔다. 거실과 안방에는 풀지 않은 크고 작은 이삿짐들이 쌓여있었지만 두 사람 모두 움직일 생각을 하지 않았다. 아내의 눈치를 슬쩍 보던 남기준은 베란다로 나갔다. 12층 높이라 아래쪽은 아주 작게 보였다. 바로 앞에 있는 운동장에서는 아이들이 그네와 시소에 몰려 있었고, 주변에 있는 벤치에서는 그 아이들의 부모나 조부모가 앉아서 지켜보는 중이었다. 모서리에는 음식을 파는

푸드 트럭이 멈춰 있었다. 바깥 풍경을 보면 가슴이 좀 시원해
질 줄 알았지만 전혀 그렇지 않았다. 가슴 가득 차 있는 답답함
은 창밖의 풍경을 아무리 봐도 가시지 않았다. 그때 소파에 멍
하게 앉아있던 아내가 물었다.

"연락 없어?"

불만에 가득 찬 아내의 물음에 남기준은 주머니에 넣어둔 휴
대폰을 꺼내서 보는 척했다. 연락이 올 리 없었지만 이렇게라도
하지 않으면 아내가 엄청나게 짜증을 낼 게 뻔했기 때문이다.
미간을 찌푸린 채 휴대폰을 스크롤하던 남기준은 아내를 바라
보며 고개를 저었다.

"없네."

"아이, 진짜. 어떡해."

아내의 잔소리가 시작되었다. 물론 충분히 이해가 되었다. 5년
전에 청약을 넣은 아파트에 입주했는데 남편이 실직해버리는
대형 참사가 일어난 것이다. 은행 대출금이 아직 남아있는 상황
에서 덜컥 결정을 내린 탓에 아내는 굉장히 민감하게 받아들였
다. 남기준은 그런 아내를 달래기 위해 선후배들이 다른 회사를
알아봐주고 있다고 둘러댔다. 하지만 그 정도로 친한 선후배는
없었다. 거기다 회사를 나온 이유가 굉장히 복잡 미묘했기 때문

에 같은 업종에 취직할 가능성은 거의 없었다. 아내에게는 그런 얘기를 전혀하지 않았기 때문에 더 신경이 쓰였다. 처음에는 속으로 삭이던 아내는 이사를 올 때쯤에는 굉장히 예민해졌다. 남기준이 어정쩡하게 선 채 바라보자 아내는 말없이 부엌으로 갔다. 잠시 후, 부엌에 가져다 놓은 박스를 푸는 소리가 들렸다. 도와주려고 했지만 잠깐 생각하고는 포기했다. 지금 가까이 갔다가는 정말 폭발해버릴 것 같았기 때문이다. 부엌으로 가는 걸 포기한 남기준은 베란다의 난간에 기댄 채 바깥을 바라봤다.

"여기가 5년 전의 그 교도소 자리였다니."

가끔 출퇴근을 하다가 아파트가 올라가는 걸 보긴 했지만 이렇게 빨리 지어질 줄은 몰랐다. 청약이 되면서 이사를 올 수 있었지만 앞으로가 문제였다. 갚아야 할 은행 대출이 산더미 같았고, 생활비도 갑자기 반으로 줄여야 했다. 그나마 맞벌이를 하고 있는 중이었지만 아내는 대출금만 갚으면 회사를 때려치울 거라고 노래를 불렀다. 그런 속사정이 있는데 제대로 상의도 하지 않고 회사를 먼저 관뒀으니 화가 날 만했다. 거기다 버티다 해고를 당하면 실업수당이라도 신청할 수 있는데 사표를 쓰고 자기 발로 나왔으니 그것도 어려웠다. 아내는 그 점을 더 속상해했지만 남기준은 관두기 직전의 회사 분위기가 너무나 고통스러웠다. 누군가 크게 숨을 쉬었다가 화들짝 놀랄 정도로 고요했다. 서로 꼬투리를 잡기 위해 머리를 굴렸고, 회의실이나 옥상에서 오가는 대화의 대부분은 휴대폰으로 녹음이 되었다. 그 분위기를 못 견딘 직원들은 사표를 던지고 탈출했다. 남기준도 막바지까지 버티다가 결국 사표를 내고 회사를 나왔다. 사표를 부장의 책상에 놓고 돌아서서 문을 나서는데 뒤에서 크게 한숨소리들이 들려왔다. 사실상, 그의 사직을 마지막으로 이전으로 돌아갈 것이라는 암묵적인 신호였다. 그걸 알고 있었기에 결국 버티기에 실패한 것이다.

이런저런 생각에 잠겨 있던 남기준은 갑작스럽게 울리는 확성기 마이크 소리에 고개를 돌렸다. 베란다의 오른쪽에 있는 아파트 단지의 후문에 십여 명쯤 되는 사람들이 모여서 시위를 하는 중이었다. 멀어서 잘 보이지는 않았지만 팻말도 들고 온 것 같았다. 확성기로 떠드는 소리 역시 멀리 떨어진 탓인지 뭉개져서 들렸다. 시위가 시작된 직후, 검정 모자를 쓴 경비원들이 뛰어가고 아파트 관리사무소에서 따로 고용한 경호원들도 모이기 시작했다. 그들이 합세해서 시위대를 밀어냈다. 시위대는 계속 소리를 지르며 저항했지만 곧 후문 밖으로 밀려났다. 아파트

주민들은 그 광경을 보고 있었지만 마치, 없는 존재처럼 취급했다. 바로 앞에 차를 주차한 중년 남성은 물론, 그 옆을 유모차를 끌고 지나가는 젊은 여성 역시 약속이나 한 듯 쳐다보지도 않았다. 너무 앞만 보고 있어서 부자연스러울 정도였다. 그 사이에 시위대는 후문 밖으로 밀려나면서 그의 시야 밖으로 사라져버렸다. 난간에 기댄 채 그 모습을 지켜보던 남기준이 중얼거렸다.

"어딜 가나 다들 이상한 거 같아."

빌어먹을 회사도 그렇고, 냉랭한 아내도 모자라서 이제는 새로 입주한 아파트까지 뭔가 문제가 있어 보였다. 지긋지긋하다는 생각이 든 남기준은 이제 아내를 좀 도와줘야겠다는 생각에 몸을 돌렸다. 하지만 안으로 들어가기 직전, 무심코 바라본 벽에 시선이 고정되었다.

"저, 저건."

벽에 보인 건 5년 전, 이곳이 교도소였을 때 왔다가 본 이상한 그림과 닮아있었다. 못이 박힌 것 같은 머리며, 망치처럼 생긴 두 발, 그리고 볼트로 묘사되었던 거대한 음경과 흡사했다. 5년이 지났고, 그 사이에 한 번도 비슷한 걸 본 적이 없었던 남기준은 그 시간을 훌쩍 건너뛰어서 그날로 돌아간 느낌을 받았다. 숨이 턱 막혀오는 가운데 머리가 아파왔다.

"여보!"

부엌에서 들려온 아내의 목소리에 정신을 차린 남기준은 자신을 공포의 구렁텅이로 몰아넣은 흔적을 다시 바라봤지만 그 짧은 순간에 감쪽같이 사라져버렸다. 텅 비어버린 벽을 응시하던 남기준은 마치 쫓기듯 거실로 들어갔다. 분명히 보았지만 어느 순간에 사라져버렸다. 헛것을 봤다는 뜻이겠지만 두근거리는 심장은 좀처럼 가라앉지 않았다.

부엌에 있던 아내는 냉장고 아래에 웅크리고 있었다. 무서운 걸 봤는지 얼굴은 파랗게 질려 있었고, 손은 와들와들 떠는 중이었다. 뭔가 심상치 않은 분위기를 느낀 남기준이 물었다.

"왜 그래?"

"저, 저기."

아내의 떨리는 손가락은 싱크대를 가리켰다.

"뭐가 있어?"

"이, 이상한 소리가 들려."

남기준은 아내의 얘기를 듣고는 싱크대 쪽으로 조심스럽게 다가가서 배수구를 살펴봤다. 그리고 아내를 돌아봤다.

"아무 소리도 안 들리는데?"

"분명히 들었다고. 어우."

아내가 두 팔로 어깨를 감싼 채 몸서리를 쳤다. 그걸 본 남기준은 무서웠지만 호기심이 드는 건 어쩔 수 없었다. 조심스럽게, 천천히 씽크대의 배수구를 들여다봤다. 안쪽은 어두워서 잘 보이지 않았다. 신경을 집중해서 들여봤지만 역시 아무것도 들리지 않았다. 벌벌 떨고 있던 아내는 무섭다며 울기 시작했다. 남기준은 자신보다 배짱이 두둑했던 아내의 울음이 이해가 가지 않으면서도 짜증이 났다. 그만 울라고 말하려는 순간, 그의 귀에도 배수구에서 퍼지는 이상한 소리가 들려왔다.

"무, 무슨 소리지?"

당황한 남기준이 살짝 귀를 기울여봤다. 처음에는 바람 소리인 줄 알았다. 하지만 파이프를 타고 흐르는 바람 소리 사이에 가느다란 사람의 목소리가 들렸다. 지글거리는 소리 사이로 들리는 단어는 간결하지만 무서웠다.

- 죽어! 죽여 버리겠어.

작지만 악의로 가득 찬 목소리를 듣자 온몸의 힘이 쫙 빠졌다. 휘청거리다 씽크대를 잡고 있는데 아내가 냉장고를 등지고 일어났다.

"괜찮아?"

"속이 메스꺼워."

아내는 거실에 있는 화장실로 비틀거리며 걸어갔다. 그런 아내를 물끄러미 바라보던 남기준은 갑자기 싱크대 안에서 뭔가가 꾸물거리며 기어 나오는 걸 봤다.

"으, 으악!"

배수구로 나온 것은 검정색 촉수였다. 마치 살아있는 것처럼 꿈틀거리면서 싱크대를 가득 채웠다. 그리고 곧 싱크대 밖으로 넘쳤다. 남기준은 두 손으로 입을 틀어막은 채 뒤로 물러났다. 그러다가 식탁에 닿으면서 화들짝 놀라서 비명을 질렀다. 정신없이 비명을 지르다 잠시 후에 정신을 차려보니 싱크대의 촉수는 온데간데없이 사라져버렸다. 이번에는 화장실에 들어갔던 아내가 나오면서 물었다.

"뭘 본 거야?"

숨을 헐떡거리던 남기준은 아무것도 안 보이는 싱크대를 바라보며 대답했다.

"내가 뭘 봤는지 모르겠어."

남기준의 얘기를 들은 아내는 소파에 가서 털썩 앉았다.

"어쩐지 이상했어."

"뭐가?"

"아파트 입주자 카페 말이야. 며칠 전에 가입했는데 첫 번째 조건이 이상한 소문 내지 말라는 거였어."

"이상한 소문?"

"응. 귀신을 봤다고 한다든지 아니면 뭐가 이상하다는 얘기 하지 말라고 그랬어."

"이런 거 말이야?"

"응."

짧게 대답한 아내는 두 손으로 얼굴을 감쌌다.

"느낌이 이상하긴 했지만 이 정도일 줄은 몰랐어."

아내가 절망에 빠진 모습을 본 남기준이 말했다.

"당장 부동산에 얘기해서 집 내놓자."

"안 돼."

"지금 여기서 무슨 일이 벌어지고 있는지 봤잖아."

"최소한 1년은 버텨야 해. 그래야 제값 받고 팔지."

"은영아!"

"이사 오자마자 매물로 내놓으면 누가 사겠어?"

"지금 돈이 문제야?"

남기준의 말에 아내가 벌떡 일어나며 외쳤다.

"그럼 돈이 문제지. 여기에 우리가 얼마나 쏟아 부었는지 알잖아."

틀린 얘기는 아니었기 때문에 남기준은 아무 말도 하지 못했다. 소파에 앉아서 한참 울던 아내는 안방 문을 열고 들어갔다. 따라서 들어갈까 하던 남기준은 그대로 멈췄다. 지금 들어가서 위로해준다고 아내가 정말 위로를 받을지 자신이 없었다. 남기준은 아내가 앉았던 소파에 앉아서 머리를 기댄 채 한숨을 쉬었다. 집이 지옥으로 바뀌면서 그 어느 곳에서도 마음이 편하지 않았다. 아내처럼 두 손으로 얼굴을 감싼 남기준은 잠깐 고민하다가 안방의 맞은편에 있는 건넌방으로 향했다. 서재 겸 작업실로 쓸 생각이라 침대는 없었고, 컴퓨터가 놓인 책상과 책장이 전부였다. 나머지 짐들은 아직 박스에 들어있는 상태였다. 의자 대신 벽을 등진 채 주저앉은 남기준은 마른 한숨을 쉬었다. 책상 옆에 있는 창문으로 해가 서서히 저물어가는 게 보였다.

다음 날 아침, 안방에서 나온 아내는 천천히 짐을 풀기 시작했다. 건넌방에서 그대로 잠이 들었던 남기준은 그 소리를 듣고 일어났지만 쉽사리 아내에게 다가가지 못했다. 결국 건넌방으로 쓸 물건들을 풀어서 가져다놨다. 보이지 않는 벽으로 가려져 있던 두 사람은 점심 무렵까지 말이 없었다. 결국 아내가 먼저 입을 열었다.

"짜장면 시켜 먹어."

마침 배가 고팠던 남기준은 얼른 휴대폰을 꺼내서 주변의 중국집을 검색했다. 하지만 바람을 쐬고 싶다는 생각에 휴대폰을 도로 주머니에 집어넣었다.

"배달 오다가 불을 수 있으니까 직접 포장해 올게. 정문 옆 상가에 있는 거 봤어."

아내는 아무 말 없이 남기준을 바라볼 뿐이었다. 마치 얼른 나가달라는 얘기 같아서 남기준은 잠자코 크록스를 신고 현관문을 열었다. 엘리베이터를 타고 1층으로 내려온 남기준은 두 손을 주머니에 찔러넣은 채 정문으로 향했다. 배달 오토바이들이 쉴 새 없이 지나가는 중이었다. 어제보다는 한산했는데 낮이라 아이들이 학교나 유치원에 가서 그런 것 같았다. 중국집이 있는 정문 쪽으로 터덜터덜 걸어가다가 몇 년 전에 이곳에 왔을 때를 떠올렸다. 그때 교도소의 정문을 지나갔는데 지금 아파트 단지의 정문은 조금 옆에 지어졌다. 교도소 때와는 비교할 수 없을 정도로 화려한 정문 옆에는 4층의 상가가 붙어있었다. 각종 학원과 카페, 치킨 집, 편의점 간판들이 어지럽게 붙어있었고, 2층에 프랜차이즈 중국집이 있었다. 정문을 나와서 그곳으로 향하던 남기준은 몇 년 전의 우중충한 모습을 떠올리며 중얼거렸다.

"진짜 이렇게 변할 줄은 몰랐어."

정문을 지나가는데 경비실 옆에 사람들이 몇 명 모여 있는 게 보였다. 버스 정류장과는 좀 떨어진 곳이라 남기준은 궁금증에 못 이겨 그쪽을 바라봤다. 팻말을 들고 있는 걸 보니 아까 후문 쪽에서 시위를 하던 사람들인 것 같았다. 모자를 쓴 경비원들 몇 명이 난감한 표정으로 앞을 막고 있었다. 시위대는 팻말을 들고 구호를 외치는 한편, 지나가는 사람들에게 전단지를 나눠줬다. 전단지를 받을까 고민하던 남기준은 팻말에 적힌 내용을 읽어 보았다.

"사라진 우리 가족들을 찾아주세요?"

아파트 단지 앞에서 할 시위와는 동떨어진 내용이었다. 남기준은 보상을 제대로 못 받은 철거민이 아닐까 생각하다가 쓴웃음을 지었다.

"여기 교도소였잖아."

그때 보라색 모자를 쓴 젊은 여자가 앞을 막고 있는 경비원에게 화를 냈다.

"아니, 왜 막는 거예요? 우리 시위하겠다고 허가도 냈다고요."

그러자 중년의 경비원이 난처한 표정을 지었다.

"아니, 심정은 알겠는데 우리 상황도 좀 봐줘. 아가씨."

경비원의 말에 보라색 모자를 쓴 아가씨는 안 된다고 씩씩거리며 밀쳐버리려고 했다. 지팡이를 짚고 담배를 피우던 할아버지가 그걸 보면서 혀를 찼다.

"말세네. 말세야. 어쩌다가 저런 꼴이 났어. 그래."

할아버지가 담배 연기를 남기고 지나간 다음에도 몸싸움은 계속 되었다. 다른 시위대까지 합세하자 소란이 더 커졌다. 그러자 아이 손을 잡고 가던 여성이 안경을 끌어올리면서 짜증을 냈다.

"아니, 하루 이틀도 아니고 왜 자꾸 우리 아파트에서 저러는 거야? 집값 떨어지게 말이야."

보라색 모자를 쓴 아가씨는 경비원이 막아서고 주변의 따가운 시선에도 굴하지 않고 소리를 지르며 버텼다. 덩치 좋은 경호원들이 합세해서 그들을 밀어냈다. 정문에서 밀려난 보라색 모자를 쓴 아가씨가 무심한 표정으로 지나가는 입주민들을 향해 소리쳤다.

"당신 가족들이 저기 묻혀있다고 생각해 봐! 그래도 모른 척할 거야? 그럴 거냐고! 이놈의 아파트 확 무너져버려라!"

광기에 찬 그녀의 목소리를 들은 입주민들의 표정이 더 가라앉았다. 남기준 역시 더 있기 애매해서 발걸음을 돌렸다. 그 와중에 시위대가 경비원들과 몸싸움을 하다 떨어뜨린 전단지가 그의 발밑으로 떨어졌다. 잽싸게 전단지를 챙긴 그는 상가 건물로 들어갔다. 2층에 있는 프랜차이즈 중국집에 들어가서 주문을 하고 주문표를 받은 그는 창가 쪽으로 다가갔다. 경비원들과 경호원들에게 밀려난 시위대가 뿔뿔이 흩어지는 중이었다. 그 와중에도 보라색 모자를 쓴 아가씨는 고래고래 소리를 지르며 버텼다. 그걸 보면서 자연스럽게 챙겨 온 전단지에 눈길이 갔다. 전단지에는 낡은 흑백 사진이 흐릿하게 인쇄되어 있었다. 사진관에서 찍은 가족사진 같았는데 가운데 앉은 남자의 얼굴에 동그라미가 그려졌다. 아래에는 '사라진 우리 아버지 임동주 씨를 찾습니다'라고 되어있었다. 그 아래에는 깨알 같은 글씨로 사연이 적혀있었다. 시골에서 태어나 불우한 어린 시절을 보낸 아버지는 중학교를 다니다 서울로 무작정 올라와서 닥치는 대로 일을 하던 중에 나쁜 사람들의 꾐에 빠져 범죄를 저질렀다는 것이다. 그래서 감옥을 들락날락하게 되었는데 1990년대 중반, 서울 서부 교도소에 수감되었다가 사망했다는 것이다. 그런데 사망했다는 통지만 받았을 뿐, 왜 죽었는지에 대해서는 알려주지 않았으며, 시신도 화장된 상태에서 받아서 진짜 아버지인지 아닌지도 알 수 없다는 것이다.

"말도 안 돼."

전단지를 읽던 남기준은 고개를 절레절레 저었다. 아무리 90년대라고는 하지만 감옥에서 사람이 죽었는데 시신도 수습이 안 된다는 건 억지 같았다. 하지만 가만히 생각해보니까 그럴듯했다. 아직, 언론 통제가 가능했던 시기였고, 지금처럼 인터넷에 유튜브가 없던 시절이라 감출 수도 있었을 것 같았기 때문이다. 무엇보다 감옥 안이라는 점이 신빙성을 더했다. 거기다 직접 가본 교도소의 음습한 분위기는 그 안에서 무슨 일이 일어나도 이상해보이지 않았다. 전단지의 내용은 임동주는 의문의 죽음을 당했고, 시신 역시 교도소 안의 어딘가에 비밀리에 매장된 것이 분명하다고 이어졌다. 아울러, 아버지처럼 의문사를 하고 비밀리에 교도소 안에 매장된 경우가 한둘이 아니라면서 다시 발굴해서 시신을 찾아야 한다고 마무리를 했다. 사연을 읽고 나서야 경비원을 비롯해서 아파트 주민들이 왜 시위대를 모른 척하고 냉랭하게 대했는지 알 것 같았다. 아내가 집 안에서 일어난 이상한 현상에 대해서 무섭고 괴로워하면서도 아파트를 포기하지 않는 이유와 같았다.

"집값 때문이군."

언젠가 책을 좋아하는 동료 직원을 따라 작가와의 만남에 간 적이 있었다. 전체적으로 지루하고 재미가 없었는데 마지막 질문 시간에 세상에서 뭐가 제일 무섭냐고 물어보는 관객에게 작가가 진지한 표정으로 대답한 것이 떠올랐다.

"빈 통장이요. 저는 세상에서 그게 제일 무서워요."

그의 말은 그때까지 지루하게 듣던 관객들의 열렬한 호응을 이끌어냈다. 남기준 역시 저도 모르게 고개를 끄덕거렸던 것을 기억해냈다. 그리고 실제로 돈이 없어보니까 그게 얼마나 무서운 일인지 새삼 깨닫게 되었다. 이런저런 생각을 하는 사이, 아파트 단지 정문의 시위대는 어디론가 사라져버렸다. 경비원과 경호원들이 바람에 흩날린 전단지를 줍느라 바쁘게 뛰어다녔다. 팻말에 적힌 내용도 시위를 하는 사연도 안타까웠다. 남기준은 한숨과 함께 중얼거렸다.

"지금 다른 생각을 할 처지가 아니잖아."

마침, 주문한 음식이 나왔다는 종업원의 얘기에 남기준은 고개를 돌렸다. 손에 든 전단지는 휴지통에 버리려고 하다가 접어서 바지 주머니에 넣었다.

비닐봉지에 포장된 짜장면을 들고 밖으로 나온 남기준은 휴대폰을 들고 잠깐 고민에 빠졌다. 하지만 도로 주머니에 넣고 발걸음을 옮겼다. 고개를 숙인 채 터덜터덜 걸어서 놀이터까지 오자 아까 시위대를 막던 경비원의 뒷모습이 보였다. 긴 나뭇가지를 손에 든 중년의 경비원은 연신 모자를 고쳐 쓰면서 투덜거렸다.

"아니, 어느 막돼먹은 놈이 이 지랄을 떠는 거야."

무슨 일인가 싶어서 바라보는데 나뭇가지 끝에 피범벅이 된 새끼 고양이가 보였다. 축 늘어진 새끼 고양이를 나뭇가지로 들어 올린 것이다. 눅눅한 바람이 불어왔다. 균형을 잡지 못했는지 새끼 고양이 사체는 툭 떨어졌고, 때마침 엄마 손을 잡고 지나가던 여자아이가 그걸 보고 말았다. 여자아이는 비명을 지르며 엄마 품에 안겼다. 놀란 아이를 끌어안은 엄마가 경비원에게 짜증을 냈다.

"아저씨! 그걸 그렇게 집으면 어떡해요? 봉지 같은 거에 넣어서 치우셔야죠."

"아이고, 봉지고 뭐고 나도 이제 지쳤어요. 하루 이틀도 아니고 매일 무슨 일이야. 글쎄."

혀를 차는 경비원에게 아이 엄마가 말했다.

"CCTV는 돌려보셨어요? 벌써 몇 번째인지 모르겠어요."

"몇 번이고 돌려봐도 아무것도 안 나와요. 경찰한테 연락하면 사람 죽은 것도 아니고 왜 그러냐고 하고, 내가 고양이 사체 치우려고 경비원 노릇하는 것도 아니고."

경비원의 한탄이 길어질 것 같자 아이를 토닥거린 엄마가 대답했다.

"어떤 놈인지 천벌을 받았으면 좋겠어요. 하루 이틀도 아니고, 고양이를 죽여 놓고 보란 듯이 이런 곳에 버리다니 말이에요."

"내 말이, 박 씨가 검정색 후드를 뒤집어쓴 놈이 범인이 틀림없다고 하는데 그놈은 또 묘하게 이런 때는 안 보인단 말이지 뭡니까."

그렇게 두 사람이 나누는 얘기를 곁에서 듣던 남기준은 아파트 단지를 돌아봤다. 이사할 때 아파트에서 겪은 일도 그렇고, 가족을 찾아달라는 시위대나, 단지 안에서 연달아 죽는 고양이들까지 참으로 이상한 곳이라는 생각을 하면서 지나가는데 비명소리가 들렸다. 소리가 난 쪽을 돌아보니 주황색 티셔츠에 가방을 둘러 맨 젊은 여성이 뛰어오고 있었다. 한걸음에 달려온 그녀는 어정쩡하게 서 있는 경비원에게 소리를 쳤다.

"아저씨! 고양이 또 죽은 거예요?"

"그려, 맨날 죽어. 이거 아가씨가 먹이 주던 고양이 아니야?"

"맞아요. 실크예요. 실크."

바닥에 무릎을 꿇은 그녀가 두 손으로 얼굴을 감싼 채 흐느껴 울었다. 아이 엄마는 슬쩍 눈치를 보고는 자리를 떴다. 한참 울던 그녀가 휴대폰을 꺼내서 죽은 고양이의 사진을 찍었다.

"누군지 모르지만 반드시 잡아서 복수할게. 실크야."

그 사이, 경비원은 슬쩍 자리에서 벗어났다. 옆에서 서성거리고 있던 남기준이 그에게 다가갔다. 제복의 오른쪽 윗주머니에 정진현이라는 이름표가 붙어 있었다.

"누군데 저렇게 슬퍼합니까?"

"누구긴, 고양이 먹이 주는 캣맘이지. 지극정성이야. 지극정성."

얼굴에 주름살이 가득한 경비원은 요란하게 혀를 찼다. 그가 캣맘이라고 부른 여성은 장갑을 끼고 가방에서 비닐봉지를 꺼내서는 실크라고 부르는 고양이의 사체를 넣었다. 그걸 본 경비원이 작게 한숨을 쉬었다.

"그나마 사체를 치워주니까 다행이지. 이게 뭔 일인지 몰라."

"고양이들은 언제부터 죽었는데요?"

"몰라. 몇 년 전부터 사체가 여기저기서 발견되었다고 하는데 최근 들어서는 하루가 멀다 하고 나오지 뭐야. 진짜, 어떤 미친놈이 돌아다니면서 고양이를 죽이고 다니나 봐. 입주민들은 징그럽다고 난리고, 저런 캣맘들은 또 죽었다고 난리고, 우리 같은 경비만 중간에서 이리 치이고 저리 치이는 거지. 가만있어 보자."

한참 푸념을 늘어놓던 경비원이 남기준을 위아래로 훑어봤다.

"처음 본 얼굴 같은데? 새로 이사 오셨나?"

"네, 102동 1201호로 이사 왔어요."

남기준이 비닐봉지를 든 손으로 102동을 가리키자 경비원이 모자를 고쳐 썼다.

"아이고 12층이면 다행이구만."

"왜요?"

"거기 11층이랑 10층이 전쟁 중이야."

"전쟁이요?"

남기준이 102동을 올려다보면서 묻자 경비원이 고개를 끄덕거렸다.

"진짜 징하게 지랄들이야. 황 씨라고 오래 다닌 경비원은 두 사람한테 시달리다가 그만뒀지 뭐야."

"층간 소음인가요?"

"10층의 김 교수는 온갖 잡소리들이 다 들린다고 생난리고 11층 백 씨는 백 씨대로 억울하다고 펄펄 뛰지 뭐야. 빽하면 문짝 두드리고, 소리치고 지랄도 풍년이라고, 정말."

"그렇군요."

"이사한 집은 괜찮아?"

경비원의 물음에 남기준이 고개를 끄덕거렸다.

"문제없었습니다."

"다행이네. 요즘 인심이 사나워졌어. 옛날에는 먹고살기 힘들어도 그냥저냥 넘어갔는데 말이야. 혹시 층간 소음이 생기면 절대로 위층이랑 시비 가리지 말고 관리 사무소에 얘기해. 직접 따진다고 올라가면 일이 더 복잡해져."

"그럴게요."

"어휴, 새로 지은 아파트 단지라고 해서 편할 줄 알았더니 말이야. 박 씨 말처럼 굿이라도 해야지 원."

"그 정도입니까?"

호기심이 든 남기준의 물음에 경비원이 한숨을 쉬었다.

"아파트가 새로 지어지고 입주하자마자 난리도 아니야. 지난달에는 멀쩡하게 잘 자라던 화단의 나무들이 하룻밤 사이에 싹다 죽어버리고 말이야. 거기에 고양이들도 죽어나가고 있지."

"누구 소행인지는 모릅니까?"

"몰라. CCTV를 돌려봐도 안 나오는데 귀신이 곡할 노릇이지. 거기다 시위대는 저 난리를 치고 말이야."

"무슨 가족을 찾아달라고 하던데요?"

"아이고, 그 여기가 교도소였을 때 죽은 모양인데 그걸 지금에 와서야 난리냐고 입주민들이 얼른 쫓아내라고 하잖아. 근데 요즘 세상이 바뀌어서 함부로 쫓아내지도 못해."

"그럼 여기 어딘가에 파묻혀있는 거 아닌 가요?"

남기준의 얘기를 들은 경비원이 손사래를 쳤다.

"아이고, 그런 소리는 입 밖에도 내지 말아. 여기 아파트 주민들이 제일 싫어하는 게 바로 그 소리야. 그 소리."

"아, 알겠습니다."

주변을 돌아 본 경비원이 조심스럽게 말했다.

"내가 봐도 그런 거 같아. 여기가 수십 년간 교도소 자리였잖아. 그런 곳에 이렇게 높은 아파트랑 쇼핑몰을 지었으니 무덤 자리에 말뚝을 박아놓은 꼴이지. 거기다 여기서 죽어서 못 나간 사람도 있다고 하잖아."

"다들 모른 척 잊으며 살고 싶겠죠."

"그려, 아파트 값 떨어질까 봐 다들 아무 소리도 못하는데 분위기는 말도 못하게 흉흉해. 사는 곳 밑에 누가 죽어서 쥐도 새도 모르게 묻혀있다고 생각해 봐. 아이고, 생각만 해도 가슴이 떨리네."

괴로운 듯 한숨을 쉰 경비원은 허리에 차고 있던 무전기가 울리자 잽싸게 받았다.

"11호 초소 정진현입니다. 금방 가겠습니다."

빨리 오라는 연락을 받았는지 경비원은 정문 쪽으로 허겁지겁 뛰어갔다. 그 사이에 새끼 고양이의 시신을 수습해서 가방에 넣은 캣맘은 슬픈 표정으로 돌아섰다. 직장에 다니느라 바깥 세상이 어떻게 돌아가는지 몰랐던 남기준은 머리가 더 복잡해졌다. 그러다가 문득 손에 든 짜장면을 떠올리고는 집으로 올라갔다.

현관문을 열고 들어서자 그릇을 정리하던 아내가 나와봤다. 표정이 조금 풀려 있어서 남기준은 조금 안도감이 들었다. 부엌의 식탁에 가져온 짜장면을 풀어놓고 말없이 먹기 시작했다. 남기준은 자신을 쳐다보지도 않고 짜장면을 들이키는 아내를 바라보다가 말없이 컵에 물을 받아다가 건넸다.

"체하겠다."

그러자 아내는 아무 말 없이 물을 마셨다. 그리고는 고개를 푹 숙인 채 갑자기 울기 시작했다.

"내가 왜 이렇게 됐을까?"

그 말을 들은 남기준도 폭발하고 말았다.

"네 신세가 뭐가 어때서? 지금 카드값이 밀렸어? 아니면 집도 없이 거리에 나앉는 신세야? 아니면 내가 어디 불치병에 걸려서 오늘내일하는 거냐고!"

남기준이 성난 목소리로 따지자 아내는 고개를 숙인 채 더 큰 소리로 울었다. 견디다 못한 남기준은 의자를 박차고 일어나 거실로 나갔다. 아직 풀지 못한 이삿짐 박스들 너머로 아내의 울음 소리가 따라왔다. 견디지 못한 남기준은 이번에도 베란다로 나갔다. 그리고 해가 저물 때까지 베란다에 우두커니 서서 바깥을 바라봤다. 이번에도 이상한 걸 발견할까 봐 걱정했지만 다행히 그런 건 없었다.

"어디서부터 잘못되었을까?"

돌이켜보면 교도소였던 시절 이곳에 왔던 날부터인 것 같았다. 그때부터 뭔가 미세하게 삐걱거렸다. 잘 풀릴 일은 막판에 틀어졌고, 안 풀릴 일은 더 안 풀렸다. 회사나 가정 모두 말이다.

"지쳤어. 이제는."

버티려고 했지만 쉽지 않았다. 열심히 했지만 결과는 만족스럽지 않았고, 아내를 비롯해서 주변의 오해는 쌓여만 갔다. 아무리 고민해 봐도 풀릴 방법이 보이지 않았다. 그런데 아래층에서 투닥거리는 소리와 함께 성난 목소리들이 들려왔다. 시끄럽다는 외침과 함께 누명 씌우지 말라는 얘기들이 어지럽게 엉켰다. 경비원이 얘기한 11층과 10층의 층간 소음을 둘러싼 갈등이 폭발한 것 같았다. 아래에서 들려오는 양쪽의 목소리는 둘 다 짜증과 분노에 가득 차 있었다. 진동처럼 느껴지는 분노에 남기준은 가만히 내려다봤다.

오후가 되었지만 아내는 여전히 입을 열지 않았고, 짐만 조용히 정리했다. 그런 분위기를 견디다 못한 남기준은 일자리를 주선해줄 친구와 만나겠다는 핑계를 대고 나갈 채비를 했다. 화장실에 들어갔다가 타일이 깨져서 금이 간 것을 발견했지만 모른 척했다. 뭔가를 이상하게 느끼기에는 너무나 지쳤기 때문이다. 마치 나무의 줄기가 질서 없이 사방으로 뻗어 있는 것처럼 몹시 이상해보였다. 대충 씻고 옷을 입고 모자를 쓴 그는 부엌에 유령처럼 앉아있는 아내를 힐끔 보고는 현관문을 열었다. 하지만 만날 사람이 없었기 때문에 나오자마자 방황해야만 했다. 아파트 단지는 새로 지어져서 그런지 깔끔하고 있을 게 다 있었지만 그가 갈 곳은 마땅치 않았다. 결국 아파트 단지를 한번 돌아보기로 하고는 보도블록을 따라 걸었다. 교도소를 허물고 새로 지어진 아파트라 아직도 입주민들이 들어오는 중이었다. 아파트 단지와 함께 들어오기로 한 종합 쇼핑몰은 건물만 지어졌을 뿐 문을 열지 않고 텅 비어 있었다. 종합 쇼핑몰 외벽에는 약속을 지키지 않았다며 성토하는 입주민들의 주장이 담긴 현수막이 바람에 펄럭거렸다. 남기준은 걸으면서 다시 휴대폰을 만지작거렸다. 전화를 걸까 말까 고민하면서 걷는데 누군가와 어깨를 부딪쳤다. 하마터면 휴대폰을 떨어뜨릴 뻔했지만 남기준은 부딪치고도 사과 한마디 없이 걷는 상대방을 노려봤다.

"쳤으면 사과를 해야지."

그런데 빠른 걸음을 걷는 상대방이 검정색 후드를 푹 뒤집어쓰고 있는 걸 봤다. 아까 경비원에게 검정색 후드가 수상쩍다고 들은 얘기가 떠올랐다. 남기준은 딱히 그럴 이유가 떠오르지 않았지만 발걸음을 돌려서 검정색 후드를 쫓았다. 아파트 단지 안으로 들어간 검정색 후드는 이곳저곳을 돌아다니면서 사진을 찍었다. 사진을 찍을 때나 벤치에 앉아 쉴 때 모두 후드를 뒤집어쓰고 있어서 얼굴을 확인할 수 없었다. 좀 떨어진 곳에서 지켜보고 있는데 검정색 후드는 몇 시간 동안이나 아파트 단지 안을 다니면서 여기저기 사진을 찍었다. 눈에 띄는 행동을 하는 건 아니었지만 경비원들이 수상쩍게 생각할 만했다.

한 시간 넘게 여기저기 다니며 같은 행동을 하자 남기준은 슬슬 다리도 아프고 지쳐갔다. 그래서 집에 돌아갈 생각을 하고 있는데 검정색 후드가 갑자기 102동으로 향했다. 놀란 남기준은 서둘러 검정색 후드를 쫓았다. 102동 앞에 도착한 검정색 후드는 모서리에 서서 가만히 올려다봤다. 마치 뭔가를 찾는 것 같았는데 현관이나 베란다 쪽이 아닌 모서리에서 올려다보는 게 이상했다. 그뿐만이 아니었다. 102동을 돌면서 주변을 꼼꼼히 살폈는데 화단 아래나 아파트 외벽을 꼼꼼하게 살펴봤다.

"뭘 찾는 거지?"

마치 보물이라도 찾는 것처럼 꼼꼼하게 찾는 모습을 보면서 의구심이 들었다. 먼발치서 지켜보는데 갑자기 검정색 후드가 그를 바라봤다. 마치, 처음부터 따라오고 있는 걸 눈치채고 있었다는 느낌이 들었다. 그러자 온몸에 소름이 돋았다. 아무것도 못하고 그대로 서 있는데 날카로운 호루라기 소리가 들렸다. 아까 낮에 얘기를 나눈 경비원이 헐레벌떡 뛰어온 것이다. 쏜살같이 달려간 경비원이 검정색 후드의 팔을 붙잡았다.

"이봐! 여기서 뭐하는 거야?"

검정색 후드는 대답 대신 팔을 휘둘러 뿌리쳤다. 하지만 경비원이 다시 손목을 잡았다. 그 바람에 소매가 밀려 올라가면서 손목 아래쪽에 새긴 문신 같은 게 보였다.

"한두 번도 아니고 왜 맨날 와서 사진찍고 돌아다니는 거여?"

경비원의 거듭된 물음에 검정색 후드는 대답 대신 주머니에서 스프레이 같은 걸 꺼냈다. 그리고 경비원의 얼굴에 뿌려버렸다. 놀란 경비원이 손으로 눈을 가린 채 비틀거렸다.

"아악! 뭐야."

그 사이, 검정색 후드는 잽싸게 사라져버렸다. 지켜보던 입주민들이 술렁거렸지만 아무도 가까이 가지 않았다. 보다 못한 남기준이 다가갔다. 두 손으로 얼굴을 감싼 경비원은 시뻘게진 얼굴로 연신 신음 소리를 냈다.

"괜찮아요? 아저씨!"

"어우, 이게 뭐야? 얼굴이 불타는 거 같아."

"후추 스프레이를 쓴 모양이네요."

"그래서 이런 냄새가 나는 거야? 눈이 안 보여."

"제 손을 잡으세요. 119 부를까요?"

"안 돼. 반장 허락 받지 않고 부르면 모가지여. 경비실이 어느 쪽이야?"

"저쪽, 저쪽이요."

남기준이 손짓으로 가까운 후문의 경비실을 가리켰다. 그러자 눈을 껌뻑거린 경비원이 말했다.

"고마워. 난 괜찮으니까 신고하지 마."

"그래도."

"그게 날 살리는 거야. 여기서 쫓겨나면 치매로 입원한 우리 어머니가 큰일 난다고."

서글픈 애원의 말을 남긴 경비원은 비틀거리며 걸어갔다. 그러자 지켜보던 입주민들도 제각각 갈 길을 갔다. 집으로 들어가려던 남기준은 검정색 후드가 서 있던 아파트의 외벽으로 향했다. 화단을 지나서 외벽에 다가간 남기준은 허리를 굽혀서 아래쪽을 바라봤다. 회색으로 칠해진 아파트의 외벽 제일 아래쪽에 작게 그려진 흔적을 발견했다.

"이건 뭐지?"

아파트가 세워지기 전 교도소 독방에서 봤던 그림들은 아니었지만 이번에도 이상했다.

"온몸에 가시가 돋은 뱀들이 서로의 꼬리를 물고 있잖아.

몸통이 검게 칠해진 뱀이 뒤엉킨 채 서로의 꼬리를 물고 있었다.

"이걸 찾고 있었던 거야?"

흐릿하게 중얼거린 남기준은 등 뒤로 서늘한 기운이 스쳐지나가는 것을 느끼고 흠칫 몸을 떨었다. 그리고 하늘에서 천둥소리가 들리자 고개를 들었다. 방금 전까지 파랗게 맑았던 하늘이 어둡게 변해 있었다. 그리고 잠시 후 굵은 빗줄기가 쏟아졌다. 비가 온다는 예보가 없었는지 밖에 있는 입주민들 대부분이 우산을 가지고 있지 않았다. 다들 서둘러 발걸음을 옮기는 가운데 남기준 역시 102동 현관으로 뛰어갔다. 안으로 들어간 그는 점점 거세지는 빗줄기를 보면서 알 수 없는 외로움에 히죽 웃고 말았다. 그런 모습을 본 다른 입주민이 놀란 표정으로 그의 곁을 스쳐지나갔다.

엘리베이터를 타고 집으로 돌아온 남기준은 이삿짐이 대부분 정리된 걸 보았다. 건넌방에는 컴퓨터까지 설치되었다. 아내에게 고맙다는 말을 하려고 안방 문을 열었는데 시체처럼 누워있는 모습을 봤다. 현관문을 열고 안방문을 여는 소리까지 들었지만 아내는 미동도 하지 않았다. 남기준은 내가 뭘 그렇게 잘못했느냐고 소리치고 싶었지만 꾹 참고 문을 닫았다. 거실에서 서성거리는데 아래층에서 또 싸우는 소리가 들렸다. 고개를 절레절레 흔든 남기준은 거실을 조심스럽게 서성거렸다. 그러다가 베란다로 나갔는데 아까와는 달리 사방이 어두워져서 불빛들만 보였다. 베란다의 난간에 기댄 남기준은 멍한 눈으로 어둠을 바라봤다. 그러다가 충동적으로 휴대폰을 꺼내 전화를 걸었다. 상대방은 한동안 받지 않았다. 끊으려고 할 무렵, 상대방이 전화를 받았다는 표시가 떴다.

- 어, 선배.

왁자지껄한 소리가 잠시 들렸다가 사라졌다. 아마 밖으로 나온 것 같았다.

- 어디냐?

남기준의 물음에 전화 너머 후배는 머뭇거리며 대답했다.

- 회, 회식하러 왔어요.

- 몇 달 만에 회식하네?

잘릴 사람이 다 잘리고 나서 회식이냐는 물음은 차마 나오지 못했다. 전화를 받은 후배 역시 그렇게 대답하지는 못하고 돌려서 말했다.

- 분위기가 개판이었잖아요. 매출도 뚝 떨어져서 기운내자는 의미로 하는 거예요.

- 다들 잘 지내?

- 그냥저냥 버티는 거죠. 선배도 잘 아시잖아요.

잘 안다는 후배의 말에 여러 가지 의미가 들어있다는 걸 어렵지 않게 깨달았다. 남기준이 아무 말도 하지 않고 있자 후배가 조심스럽게 말했다.

- 저, 들어가 봐야 할 거 같은데 무슨 일로 전화하셨어요?

- 그냥, 심심해서 걸었어. 집에서 노니까 좋네. 조만간 놀러 갈 테니까 차 한 잔 하자.

- 네, 연락주세요.

후배가 가늘게 한숨을 쉬는 게 느껴졌다. 전화를 끊으려는데 후배가 머뭇거리며 말했다.

- 저, 선배.

- 어, 말해.

- 비밀은 지켜주시는 거죠?

후배의 질문에 남기준은 쓴웃음이 폭발했다.

- 무섭냐?

- 내년에 결혼해야 해서요. 아시잖아요. 어떤 상황인지.

남기준은 후배의 무심한 말투에 상처를 받았다. 회사에 있을 때는 이것저것 도와달라고 하고, 지옥에라도 따라올 것처럼 굴었지만 관두고 난 후에는 그냥 지켜야 할 이익만 남았던 셈이다.

- 알았다. 인마. 걱정 마.

- 선배만 믿을게요.

남기준은 공손히 인사를 하고 전화를 끊은 후배를 떠올렸다.

"아이고야. 인생 어렵네."

베란다 밖의 어둠을 바라보며 몇 번이고 같은 말을 내뱉던 남기준은 거실 안으로 들어갔다. 아내는 여전히 안방에서 꼼짝도 하지 않고 있었다.

3

위층과
아래층

다음 날, 거실의 소파에서 잠을 잔 남기준은 베란다를 통해 쏟아지는 햇살에 눈을 떴다. 부엌에서는 달그락거리는 소리가 들렸는데 아내가 식사를 준비 중인 것 같았다. 헝클어진 머리를 추스르며 부엌으로 가자 아내가 죽이 담긴 그릇을 앞에 놨다.

"미안, 속이 안 좋아서."

"잘 됐네. 나도 속이 별로라서 죽 먹고 싶었어."

아내의 비위를 맞춰주기 위해서 억지로 웃으며 수저를 들었다. 하지만 아무 맛도 나지 않는 죽은 정말로 맛이 없었다. 그렇다고 따로 할 말이 있는 것도 아니었다. 우울한 표정으로 몇 수저 뜨던 남기준은 아래층에서 들려오는 거센 소리에 눈살을 찌푸렸다. 아내가 겁먹은 표정으로 물었다.

"무슨 소리야?"

"아래층이랑 그 아래층. 경비 아저씨가 그러는데 층간 소음으로 싸운데."

아내는 가만히 고개를 끄덕거렸다. 아래층에서 들려오는 소리는 잠깐 잠잠해졌다가 다시 들려왔다. 마치 지하철에서 매너 없는 사람이 이어폰을 끼지 않고 휴대폰으로 음악을 크게 듣는 것과 비슷한 느낌이었다. 지하철이라면 일어나서 다른 곳으로 갈 수 있었겠지만 아파트는 불가능했다. 끊어질 듯하다가 계속 이어지는 소음에 남기준은 결국 숟가락을 내려놨다.

"아이, 정말."

"여보."

무슨 의미인지 알 수 없는 단어 뒤에는 무표정한 얼굴이 보였다. 남기준은 슬리퍼를 신고 현관문을 열었다. 복도로 나서자 아래층에서 들려오는 소음들이 빨려 올라왔다. 죽여 버리겠다는 선명한 단어를 들은 남기준은 혀를 차면서 아래로 내려갔다. 계단참을 지나자 아래층 복도에서 멱살을 잡고 싸우는 두 사람이 보였다. 한 명은 러닝셔츠 차림에 바짝 마른 중년의 사내였고, 다른 한 명은 파마머리를 한 중년 여성이었다. 중년 사내가 메마른 고함을 질렀다.

"아니, 소리가 나서 못 살겠다니까, 더 쿵쿵거리는 건 무슨 짓이야! 지금 논문 써야 하는데 집중을 못하겠다고."

"교수님. 백 선생님이 아니라고 했잖아요. 자꾸 이러시면 경찰 부를 겁니다."

파마머리를 한 중년 여성이 만류하자 중년 사내가 폭발해버렸다.

"경찰? 적반하장도 유분수지. 밤낮으로 쿵쿵거리고 지랄 발광을 해서 잠 한숨 못 자게 해놓고 뭐라고!"

중년 사내가 붉게 달아오른 얼굴로 괴성을 질러댔다. 문 앞을 막고 있던 그녀가 다급하게 말했다.

"다른 곳에서 나는 소리일 수도 있잖아요. 왜 자꾸 올라와서 이러시는 거예요."

"딴 데서 나긴, 내가 있는 곳마다 따라오면서 쿵쿵거리던데 말이야. 내가 몇 번 올라와서 항의하니까 더 엿 먹이는 거잖아. 내가 이래 봬도 교수야! 교수라고!"

계단참에서 지켜보던 남기준은 침을 튀기며 떠드는 사람이 경비원이 얘기한 10층의 김 교수라는 사실을 눈치챘다. 계속 화를 내던 10층의 김 교수는 말리는 상대방을 떠밀어버리고는 집 안으로 들어갔다.

"내가 직접 담판을 짓겠어. 백 씨! 어디 있어! 당장 나와."

"아이고, 이러지 마세요."

김 교수를 뜯어말리다가 옆으로 밀쳐진 파마머리 여성이 계단참에서 내려다보던 남기준을 발견하고는 서둘러 손짓을 했다.

"아이고, 어서 내려와서 좀 말려주세요. 이러다 뭔 일 나겠어, 진짜."

하지만 호기심으로만 내려왔던 남기준은 머뭇거렸다. 그 사이에 집 안에서는 섬뜩한 비명이 들렸다. 놀란 중년 여성이 현관 안쪽을 바라보다가 소스라치게 놀랐다.

"어머, 어머."

비명을 지른 파마머리 중년 여성이 뒷걸음질을 치다가 엘리베이터 앞에 주저앉았다. 잠시 후, 현관 문 안에서 김 교수가 나왔다. 한 손에 피가 묻은 칼을 든 채 비틀거리며 문가에 기댄 김 교수는 칼을 떨어뜨리고는 손으로 이마를 닦았다. 손에 묻은 피가 그대로 이마에 묻었다. 예상 밖의 상황에 놀란 남기준은 입만 벌린 채 아무 말도 하지 못했다. 그런 남기준을 올려다본 김 교수가 환하게 웃었다.

"속 시원하네."

그리고는 칼을 떨어뜨리고 아래층으로 천천히 내려갔다. 터덜거리는 발걸음이 메아리처럼 울려퍼지는 가운데 파마머리 중년 여성이 엉금엉금 기어서 현관 안으로 들어갔다. 남기준 역시 뭔가에 끌리는 것처럼 아래로 내려가서 현관 안쪽을 들여다봤다. 현관 문 안쪽에 거실이 있었고, 그 너머에 안방이 보였다. 안방 문도 반쯤 열려 있었는데 파마머리를 한 중년 여성은 그 문앞에 주저앉아서 흐느끼고 있었다. 남기준은 뭔가에 끌리는 것처럼 현관 안으로 들어갔다. 그러자 인기척을 느낀 그녀가 눈물로 범벅이 된 얼굴로 돌아봤다.

"아이고, 우리 선생님 불쌍해서 어떡해요."

남기준은 울고 있는 그녀의 옆에 서서 안방을 들여다봤다. 창가에 있는 침대에 그녀가 선생님이라고 부른 백 씨가 누워있었다. 팔에 링거 같은 걸 꽂고 있는 앙상하고 마른 몸이었다. 이불을 걷고 칼로 찔렀는지 가슴과 배가 온통 피범벅이었다. 피비린내가 진동했지만 오래 누운 환자에게서 나는 특유의 약품 냄새도 느낄 수 있었다. 피는 유리창과 벽에도 튀어서 글자 그대로 사방이 피바다였다. 문가에 주저앉은 그녀가 눈물을 참으며 한탄을 했다.

"미친놈이 결국 사고를 쳤네. 침대에서 옴짝달싹 못 하는 우리 선생님이 어떻게 층간 소음을 낸다고……."

그녀의 얘기를 들은 남기준은 침대에 누운 채 칼에 찔려 죽은 11층의 남자를 들여다봤다. 링거를 꽂고 있을 정도로 상태가 안 좋아 보여서 층간 소음은커녕 걷지도 못할 것 같았다.

"그런데 왜 층간 소음을 낸다고 난리였던 거지?"

경비원이 하소연을 할 정도로 층간 소음 문제가 심각한 걸로 알고 있었고, 어제와 오늘 내내 다투는 소리를 들었다. 그런데 정작 층간 소음을 내는 것으로 생각되던 11층의 거주민 백 씨는 미동도 못 하는 환자였다.

"내가 그렇게 얘기를 해도 못 알아듣고는, 걷지도 못하는 사람한테 이게 무슨 끔찍한 짓이야. 글쎄."

그녀의 울음과 한탄은 끝없이 이어졌다. 남기준 역시 이해할 수 없다는 생각이 들었다.

"며칠 전에 이사 왔는데 이게 무슨 일이야."

가만히 서 있다 보니 피비린내가 코를 찔렀다. 남기준은 돌아서서 현관으로 나갔다. 현관 앞에 피 묻은 칼이 떨어져 있어서 그걸 피하기 위해 내려다봤다가 또 그것을 발견했다. 보는 순간 발에 힘이 쫙 풀린 남기준은 그대로 주저앉았다. 교도소에서 봤던 이상한 흔적을 발견했기 때문이다. 문을 고정시키는 도어 스

토퍼 옆에 아주 작게 그려져 있었지만 분명 그 흔적이었다. 날개를 펼친 목이 꺾인 검은 새였다. 부러진 목에서는 작은 십자가 같은 게 쏟아져 나왔다. 손으로 그린 것이라 약간 다르긴 했지만 명백하게 같은 그림이라는 걸 알 수 있었다. '이게 왜 여기 있지?'라는 생각과 함께 머리가 복잡해진 남기준은 엘리베이터가 열리는 소리를 듣지 못했다. 뒤늦게 고개를 들자 경찰들이 보였다. 남기준이 옆으로 물러나자 경찰들은 우루루 안으로 들어갔다. 제일 끝에 있던 경찰이 남기준에게 물었다.

"여기 사십니까?"

"위, 위층에 며칠 전에 이사왔어요. 소리가 나서 내려와봤더니⋯⋯."

차마 말을 잇지 못한 남기준이 어깨를 으쓱거렸다. 그러자 경찰이 말했다.

"현장을 목격하셨나요?"

"직접 보지는 못했고요. 앞에서 싸우다가 밀치고 들어간 걸 봤습니다."

"그리고 나온 걸 보셨나요?"

"네, 피 묻은 칼을 들고 나왔다가 여기 떨어뜨리고 아래로 내려갔습니다."

남기준은 바로 앞에 놓인 피 묻은 칼을 가리켰다. 그러자 경찰은 휴대폰을 꺼내서 사진을 찍더니 비닐 봉투를 꺼내서 조심스럽게 칼을 집어넣었다. 그 사이, 안방으로 들어갔던 경찰들이 나오자 칼을 챙긴 경찰이 말했다.

"여기 흉기 확보했습니다."

그러면서 남기준에게 말했다.

"위층이라고 하셨죠?"

"네."

"올라가 계세요. 나중에 조사하러 갈 수 있으니까 협조 부탁드리고요."

"알겠습니다."

어설프게 인사를 한 남기준은 떨리는 가슴을 부여잡은 채 계단을 올라갔다. 뒤로는 중년 여인이 서글프게 우는 소리가 들렸다. 현관문을 열고 들어온 남기준은 여전히 부엌에 앉아있는 아내에게 말했다.

"아래층에서 사람이 죽었어."

"진짜?"

놀란 아내가 고개를 들어서 남기준을 바라봤다.

"응. 아래층에서 칼을 들고 와서는 찔러버렸나 봐. 그런데 좀 이상해."

"뭐가 이상한데?"

"위층 아저씨는 환자라서 침대에서 일어나지도 못했거든, 그런데 아래층 아저씨는 자기가 움직일 때마다 따라 움직이면서 소리를 냈다고 엄청 화를 냈었어."

남기준의 얘기를 들은 아내가 어깨를 으쓱거렸다.

"이상하잖아."

"그러게. 귀신의 소행인가?"

분위기를 풀려고 한 얘기였지만 아내의 얼굴을 찡그리게 할 뿐이었다. 아직도 심장이 쿵쾅거리고 시신에 피까지 봤던 남기준은 그나마 없던 입맛이 완전히 사라져버렸다. 수저를 조심스럽게 내려놓은 그는 일어나서 거실로 나왔다. 아내는 별다른 얘기 없이 남은 죽을 먹었다. 남기준은 거실을 서성거렸다. 아무리 봐도 아파트 단지에 이상한 일들이 벌어지고 있는 것 같았다. 하지만 집값 때문에 다들 입을 다물고 쉬쉬하는 아이러니한 상황이 일어나고 있었다. 착잡해진 남기준은 건넌방으로 들어와서 의자에 앉았다. 하지만 뭘 해야 할지는 알 수 없었다. 직장을 새로 찾아봐야하겠지만 요즘 같은 불경기에 쉽게 일자리가 생길 것 같지는 않았다. 거기에 업계에 소문이 쫙 돌았으니 인맥으로 취직하는 것도 어려울 게 뻔했다. 하던 일을 갑자기 하지 못하게 되었고, 전혀 다른 일을 해야 한다는 두려움이 뒤범벅되어 아무것도 할 수 없었다. 그러다가 주머니에 넣은 전단지가 문득 생각났다. 꼬깃꼬깃 접은 전단지를 펼친 그는 거기에 적힌 이름을 중얼거렸다.

"임동주라?"

컴퓨터를 켠 그는 곧장 포털사이트에 그의 이름을 검색했다. 그리고 첫 번째로 뜬 제목을 보고는 충격을 받았다.

"기호 살인마 임동주."

살인마와의 만남

여러 범죄를 예상하긴 했지만 연쇄살인까지는 미처 생각하지 못했던 남기준은 입을 다물지 못했다. 포털사이트를 조금 더 검색해보자 어마어마한 살인 행각들이 나왔다.

"맙소사."

1980년대 초반부터 후반까지 김포와 수원을 비롯한 수도권 인근에서는 처참하게 죽은 시신들이 발견되었다. 주로 여성과 노약자였고, 여고생도 포함되어 있었다. 경찰이 김포에서 세 번째 시신이 발견된 다음에야 연쇄살인이라는 사실을 알아차릴 정도로 조용하게 살인을 저질렀다. 지금처럼 과학수사 기법이 도입되지 않았고, 연쇄살인이라는 것에 대한 이해도가 떨어진 것도 수사가 늦어진 이유 중 하나였다.

"시기도 화성 연쇄살인하고 겹치네."

그가 클릭한 기사에서도 그 점을 지적했다. 화성 연쇄살인 사건이 발생하던 시기와 겹치는 바람에 사람들의 눈길에서 더 벗어났던 것이다. 화성 연쇄살인 사건이 화성군 태안읍에서만 벌어졌다면 임동주의 살인은 경기도 전역에서 벌어졌다는 점도 한 가지 이유였다. 기사와 블로그들을 뒤져보던 남기준은 연쇄살인과 관련된 유튜브 채널을 하나 발견했다. 공포 탐정이라는 채널이었는데 눈을 가린 남자의 로고가 채널의 분위기를 짐작하게 했다. 마우스를 움직여서 클릭하자 유튜브가 시작되었다. 출연자 없이 자료화면과 음성으로만 진행되다 보니까 분위기는 더 으스스해졌다. 맨 처음 로고가 사라지고 검은색 화면에 글씨가 떠올랐다.

"살인마와 만날 준비가 되어 있습니까?"

남기준이 글씨를 따라서 읽자 글씨가 사라지고 흑백 화면에 사람의 얼굴이 하나 나타났다.

"전단지의 임동주가 기호 살인마였군."

사진 속의 임동주는 짧은 머리에 줄무늬 셔츠 차림이었다. 산에 올라갔는지 바위에 앉아서 포즈를 잡고 있었다. 화면 옆에 작게 등장한 공포 탐정은 가운데 큰 눈이 박힌 검정색 복면을 쓰고 있었다. 그는 깍지 낀 두 손을 턱에 괸 채 설명을 하기 시작했다.

– 임동주는 고향인 강원도의 월령에서 불우한 환경 속에서 자라다가 중학교를 중퇴한 후 가출해서 무작정 서울로 올라왔습니다. 도망친 이유가 자신에게 망신을 준 선생님의 집에 불을 지른 다음에 처벌이 무서워서라고 되어있습니다. 사실인지는 모르겠습니다만 고향에서는 아직도 그의 이름을 얘기하는 것이 금기시되고 있다고 합니다. 이후, 부천의 공장에서 일을 하다가 월급을 받지 못하고 쫓겨나자 소매치기와 삐끼로 생활했고, 돈을 좀 모은 다음에는 불법복제 카세트테이프를 파는 노점상을 하기도 했습니다. 그러다가 우연히 만난 고향 출신의 여인과 결혼을 해서 가정을 꾸리게 되었죠. 힘들고 어렵기는 해도 당시 사회상을 생각한다면 크게 문제가 될 일은 아니었습니다. 하지만 결혼을 하고 나서 내재된 폭력성이 드러났는지 수시로 아내에게 폭력을 행사하고, 말리는 장모에게까지 주먹을 휘둘렀다

고 합니다. 결국, 아내가 아들을 데리고 가출해서 친정으로 가자 그때부터 본격적인 살인에 나서게 됩니다. 첫 번째 범죄는 1985년 수원에서 저지릅니다.

"결국 가정이 문제였군."

설명을 듣던 남기준이 중얼거리자 공포 탐정은 그 점에 대해서도 설명했다.

- 아! 집안이 불우하고 가난하다고 모두 범죄자, 특히 연쇄살인마가 되는 건 아닙니다. 그것보다는 태어나면서 가지고 있던 내재된 심리가 범죄로 이어집니다. 임동주가 대표적인 인물입니다. 학력과 소득이 낮고 오랜 타향 생활을 하면서 자존감이 떨어진 상태였습니다. 폭력을 이용해서 주변을 강압적으로 통제하려고 든 것이죠. 그리고 그게 실패하자 결국 연쇄살인으로 향하게 되었던 겁니다. 잘 이해가 안 가시는 분들은 사람이 밉다고 사회까지 미워할 수 있느냐고 생각할 겁니다.

남기준은 그게 궁금하다며 고개를 끄덕거렸다. 공포 탐정의 설명이 이어졌다.

- 사회가 아니라 자기보다 약한 사람들입니다. 실제로 화성연쇄살인 사건의 범인 이춘재처럼 그가 노린 희생자들은 대부분 자신보다 약한 여성들이었죠. 거기다 경찰들이 제대로 대응

을 하지 못하면서 냉각기를 놓친 것이 결정타였습니다.

"냉각기?"

- 냉각기란 연쇄살인마가 초반에 살인을 저지르고 혹시나 체포될까 봐 잠깐 범행을 멈추는 기간을 뜻합니다. 이때 연쇄살인마는 자신의 살인 행각을 되짚어보면서 약점들을 보완해서 더욱 능숙한 살인마로 거듭나게 되는 것이죠. 그러니까 어설프게 증오에 가득 찬 살인마가 완전 프로페셔널한 살인마로 진화하는 겁니다. 여러분은 살인이 진화한다는 것에 대해서 어떻게 생각하십니까? 진화라는 단어가 불편하다면 능숙하다는 것으로 대체해보겠습니다.

"맙소사. 살인이 능숙해진다는 거야?"

공포 탐정은 여러 장의 배경사진을 보여줬다. 대부분 모자이크로 되어 있어서 뭐가 뭔지 몰랐다.

- 임동주는 첫 번째 살인에서 여러 증거들을 남겨놓는 짓을 저질렀습니다. 신발의 족적은 물론이고, 지문을 비롯해서 머리카락까지 나왔다고 합니다. 하지만 앞서 말씀 드렸듯 그 당시에는 미세 증거를 분석할 능력이 없었고, 연쇄살인을 조사한 경험도 없었습니다. 그나마 화성 연쇄살인 사건 때문에 그의 살인 행각은 철저하게 감춰집니다. 만약 지금 얘기할 두 가지 사건이

아니었다면 그는 이춘재처럼 아주 나중에 잡혔거나 혹은 영원히 잡히지 않고 지냈을 겁니다. 그가 붙잡힌 이유는 바로 이것 때문입니다.

화면이 다시 어두워지고 영상이 바뀌었다. 그걸 본 남기준은 입을 다물지 못했다.

"이, 이건."

－임동주는 살인사건의 현장에 이런 흔적들을 남겨놨습니다. 이건 뭘까요? 흔적, 아니면 자취?

공포 탐정의 유튜브 채널에서 보여준 건 그가 교도소에서 보고 아파트에서 본 것들과 똑같았다. 못이 달린 몸통에 망치 같이 생긴 발, 그리고 볼트로 된 음경을 지닌 사람과 목이 꺾인 새와 서로 뒤엉킨 채 상대의 꼬리를 무는 뱀이었다. 이사 첫날, 아파트 베란다에 잠깐 나타났다가 사라졌고, 아래층에서 죽은 사람의 현관문에서도 봤다.

－살인이 벌어진 현장에 분필로 정성스럽게 그려놨죠. 보통 살인을 벌이면 우발적이든 아니든, 최대한 빨리 현장을 벗어나고 싶어 합니다. 누군가 목격하면 범죄가 발각되기 때문이죠. 하지만 보시다시피 임동주는 자신이 살인을 저지른 곳에 저런 흔적들을 남겨놨습니다. 그럼 이게 목격자나 경찰에게 보여주기

위한 걸까요? 여러분은 잭 더 리퍼 사건의 현장에 남긴 메모를 아십니까?

"잭 더 리퍼?"

- 1888년 8월부터 11월까지 런던의 화이트채플에서 다섯 명의 여성을 처참하게 살해한 범인을 지칭합니다. 참고로 리퍼는 성이 아니라 우리가 쓰는 니퍼를 얘기합니다.

그러면서 화면에 니퍼가 나왔다.

- 이걸로는 보통 뭔가를 뜯거나 벌립니다. 잭 더 리퍼는 희생자들을 교살하고 난 다음에 배를 가르고 내장을 처참하게 훼손했습니다. 그래서 잭 더 리퍼라고 부르죠. 잭 더 리퍼가 네 번째 살인을 저질렀을 때 현장 근처에 유태인을 비난하는 낙서가 적혀있었습니다. 정황상 잭 더 리퍼의 소행으로 알려져 있죠. 대부분의 연쇄살인마들은 방송사나 경찰서에 편지를 보내거나 범죄 사실을 알려서 자신의 존재감을 드러냅니다. 그리고 놀랍게도 주변 사람들에게 자신의 범행을 은근슬쩍 암시하기도 합니다. 임동주 역시 그런 방식으로 자신의 존재감을 드러낸 것이죠. 하지만 이런 흔적들을 눈에 띄게 남기지는 않았습니다. 대부분 자신이 살해한 시신의 근처에 흔적을 남긴 것과는 다릅니다. 그러니까 뭔가 흔적을 남겨놨지만 누군가의 눈에 띄기를 원하지는

않았던 겁니다.

"그게 말이 돼?"

유튜브를 보던 남기준이 저도 모르게 중얼거렸다. 그림이든 글씨든 뭔가 남겨놓았다는 것은 눈에 띄기 위한 것인데 정작 눈에 띄지 않게 남겨놨다는 것이 이해가 가지 않은 것이다.

- 임동주가 그런 행동을 한 것은 그 흔적들이 자신의 발목을 잡을 것이라고 염려했기 때문으로 보입니다. 실제로 그가 남겨놓은 흔적은 연쇄살인을 해결하는 단서가 되었기 때문이죠.

다음 화면은 고개를 숙인 임동주가 양손에 수갑을 찬 채 경찰들에게 끌려나오는 모습이었다. 흑백 사진으로 흐릿하게 나왔고, 고개까지 숙이고 있어서 누군지 알 수 없었다. 하지만 풍기는 분위기로 봐서는 임동주가 확실했다.

- 여덟 번째 살인을 저지른 직후인 1988년 임동주는 경찰에 체포됩니다. 누군가 그 흔적을 알아보고 경찰에 신고한 것입니다. 그가 현장에 남겨놓은 것은 신흥 사이비 종교 집단에서 사용하던 것이었죠. 바로 홍문자교입니다.

"홍문자교?"

공포 탐정의 이야기는 더욱 흥미진진해졌다.

- 1970년대 산업화를 거치고 사회가 복잡해지면서 정말 다

양한 신흥 종교들이 우후죽순처럼 등장합니다. 그중에서는 현재 기성종교로 잘 정착한 사례도 있지만 대부분은 사이비 종교로 자리매김하면서 크나큰 사회적 문제들을 일으킵니다. 대표적인 사건이 바로 1987년 경기도 용인에서 벌어진 오대양 집단 자살 사건이었죠.

"그건 기억나지. TV에서도 몇 번 해줬으니까."

혼잣말처럼 중얼거린 남기준은 모니터를 바라봤다.

- 홍문자교는 붉은색 문자로 기호나 문자를 쓰면 신령한 힘이 나타나서 자신을 지켜주고 성공하게 해준다는 믿음을 주입시켰습니다. 홍문자교를 창시한 사람은 바로 이헌축이라는 사람입니다.

다시 사진이 하나 나왔다. 그걸 본 남기준은 저도 모르게 풋 하고 웃고 말았다. 머리에는 붉은색 십자가가 새겨진 고깔 같은 걸 쓰고, 줄무늬 파자마 같은 것을 입은 깡마른 사내가 두 손을 머리 위로 올리고 있었다. 그 앞에는 여러 사람들이 고개를 숙인 채 조아리고 있었다. 뒤에는 그의 그림이 크게 그려져 있었는데 마치 신성한 존재처럼 그려 놨다. 다시 공포 탐정의 설명이 이어졌다.

- 이헌축의 과거에 대해서는 알려진 바가 없습니다. 사실 이

헌축이라는 이름도 가명일 가능성이 높죠. 확인된 건 1970년대 서울에서 자그마한 사업체를 꾸렸다는 겁니다. 하지만 한 가지 사건이 그를 바꿔놓습니다. 바로 1976년 10월 14일, 청와대 상공에 미확인 미행물체, 즉 UFO가 나타나면서였습니다.

"뭐라고? 청와대 상공에 비행접시가 나타났다고?"

- 14일 저녁에 청와대 상공에 여러 개의 빛, 그러니까 미확인 비행물체들이 무리지어 나타나는 게 목격됩니다. 당시 분위기가 엄격했던 만큼 수방사 대공포 부대가 사격을 가했죠. 하지만 그 비행물체들은 수십 분간 청와대 상공에 떠 있다가 홀연히 종적을 감춥니다.

공포 탐정의 설명을 들은 남기준은 믿기지 않아서 설마라고 중얼거렸다. 그러자 공포 탐정은 당시 사건을 보도한 신문 기사를 캡처한 화면을 보여줬다.

- 당시 정부에서는 미국 노스웨스트 항공사 소속 보잉 707 화물기가 비행 금지 구역인 청와대 상공으로 잘못 들어왔다가 사격을 받고 항로를 바꾼 것이라고 발표합니다. 하지만 전투기도 아니고 속도가 느리고 덩치가 큰 화물기가 수십 분간 이어진 대공사격에도 아무런 피해도 없이 사라졌다는 것은 말도 안 되는 얘깁니다. 당시 수많은 사람들이 그 광경을 목격했고, 이헌축

역시 마찬가지였습니다. 그리고 그는 그것이 자신을 향한 하늘의 계시라고 믿었습니다.

"말도 안 돼. 그걸 보고 무슨 계시라고 생각한 거야?"

– 물론 말도 안 되는 얘깁니다만 어쨌든 그는 그렇게 믿고 자신을 교주로 하는 신흥 종교를 세웁니다. 바로 홍문자교입니다. 붉은색으로 각종 기호를 쓰면 신의 구원을 받을 수 있다는 교리를 내세웠는데 놀랍게도 적지 않은 신도들이 몰립니다.

공포 탐정이 다음에 보여준 것은 예전 운동회 모습이었다. 초록 잔디밭에 사람들이 옹기종기 모여서 찍은 기념사진이다. 아래쪽에는 홍문자교 창립 10주년 기념 운동회라는 글씨가 적혀 있었다. 가운데에는 우스꽝스럽게 두 팔을 벌리고 있는 이헌축이 있었고, 주변에는 신도들로 보이는 성인 남녀들과 아이들이 모여 있었다.

– 서울과 수도권에서 제법 신도들을 모았는데 아마 이헌축의 사업가로서의 능력과 재력 때문으로 보입니다. 그리고 여기 나온 대로 창립 10주년 즈음에 그는 아주 중대한 결정을 내립니다. 바로 근거지를 서울에서 강원도의 월령으로 옮긴 것이죠. 정확하게는 월령에 있는 월령산에 성전이라는 것을 지었습니다.

그러면서 화면이 바뀌었다. 누군가 직접 찍은 영상이었는데 산속에 2층 한옥이 보였다. 꽤 오랫동안 사용하지 않았는지 낡고, 먼지투성이라는 게 한눈에 보였다.

– 이헌축은 왜 잘 나가던 서울을 버리고 강원도에서도 오지라고 할 수 있는 월령으로 갔을까요?

운동회 사진이 점점 흐려지면서 화면이 어두워지고, 눈동자가 새겨진 검정색 두건을 쓴 공포 탐정의 모습이 다시 보였다.

– 이유는 밝혀지지 않았습니다. 76년의 사건처럼 어떤 계시를 받았는지 혹은 교단 내부에서 모종의 사건이 벌어지면서 도피한 것인지 말이죠. 그리고 서울을 떠난 홍문자교의 세력은 급속도로 줄어듭니다. 따라온 신자들이 하나 둘씩 떠난 것이죠. 그러면서 홍문자교는 1990년대로 접어들면서 존재감이 사라질 정도로 미미해졌습니다. 참으로 특이한 일이죠?

"그러네."

모니터를 보고 있던 남기준이 자기도 모르게 중얼거렸다.

– 보통 신흥 종교들은 신자들을 늘리기 위해 안간힘을 씁니다. 신자들이 늘어야만 자금을 확보할 수 있기 때문이죠. 교세를 확장하든, 아니면 교주의 개인적인 사리사욕을 채우려면 어쨌든 돈이 필요하니까요. 그래서 아가동산 같은 곳에서는 교주가 세운 공장에서 교인들을 헐값에 부려먹기도 했죠. 하지만 홍문

자교는 정반대의 길을 걷습니다. 왜 그랬을까요? 관련해서 조사를 했지만 명확한 답은 얻지 못했습니다. 자, 그럼 중요한 걸 말씀드려야겠네요. 맞습니다. 임동주는 홍문자교의 신자, 그것도 아주 골수 신자였습니다. 물론 이게 끝은 아닙니다.

"놀랍군."

- 임동주가 언제부터 홍문자교를 믿었는지는 알 수 없습니다. 다만, 서울에서 생활하던 중에 접한 게 아닐까 싶습니다. 이후, 홍문자교의 근거지가 월령으로 이동하면서 많은 신자들이 떠났지만 그곳이 고향인 임동주는 자연스럽게 따라갔을 가능성이 높습니다.

공포 탐정의 설명에 이어서 이헌축과 임동주의 사진이 나란히 떴다. 그리고 그 위에 붉은색으로 홍문자교라는 글씨가 도드라지게 떠올랐다.

- 두 사람의 사진을 보십시오. 외모가 정말 비슷하지 않습니까?

화면을 본 남기준이 중얼거렸다.

"정말 그러네."

예전 사진이라 흐릿해보인 것도 한몫했지만 깡마른 얼굴은 쉽게 분간이 가지 않았다.

- 그래서 둘이 동일 인물이라는 얘기까지 나온 적이 있습니

다. 어쨌든 워낙 독특한 기호였기 때문에 신문에 보도된 기사를 본 익명의 제보자가 경찰에 그 사실을 알렸습니다. 경찰은 홍문자교 신자들을 하나씩 조사하던 중에 임동주를 찾아내서 검거한 것이죠. 그런데 임동주는 현장에 왜 홍문자교에서 쓰던 기호들을 남겨놨을까요? 현장에 남은 기호는 여러 가지가 있는데 제일 마지막에 살인을 저지르고 남긴 기호는 홍문자교 방식으로 해석하자면 불사입니다. 죽지 않는다는 뜻이죠.

"뭐야? 사람을 죽여 놓고 자기는 죽지 않는다는 뜻인가?"

– 왜 그런 흔적을 남겨놨는지는 알 수 없습니다. 남을 죽이지만 자기는 죽기 싫다는 뜻일까요? 그런데 여기서 굉장히 흥미로운 일이 일어납니다. 그가 사형 판결을 받지 않았다는 점이죠.

"뭐라고?"

놀란 남기준의 말에 공포 탐정이 처음 경찰에게 체포된 임동주의 모습을 다시 보여줬다.

– 체포를 하긴 했는데 증거들을 확보하지 못했습니다. 알리바이는 미심쩍은 부분이 많았지만 말이죠. 그래서 사형 판결 대신 무기 징역을 선고받았죠. 더군다나 서울 올림픽이 열리던 88년에 이런 잔혹한 범죄를 알리는 것은 좋지 않다는 분위기가 흐르면서 크게 알려지지 않았습니다. 그리고 더 놀라운 일이 또

벌어집니다.

화면이 다시 바뀌면서 아는 곳이 등장했다.

"서부 교도소?"

지금 살고 있는 아파트의 예전 모습이었다. 공개했던 날 봤던 낡은 현판이 화면을 가득 채웠다.

- 수감된 지 7년 후인 1994년, 임동주는 글자 그대로 증발해버립니다. 그렇습니다. 감옥 안에서 사라져버린 거죠."

"뭐야? 탈옥한 거야?"

- 조사 결과 탈옥을 한 흔적은 발견되지 않았습니다. 다만, 자신이 있던 독방에서 증발되어 버린 것이죠. 교도소 측에서는 그가 갑작스럽게 지병이 악화되어서 사망했다고 발표했지만 어떤 질병에 걸렸는지, 그리고 시신을 어떻게 처리했는지를 밝히지 않았습니다. 정말 특이한 사건이지 않습니까? 여러분.

남기준은 공포 탐정이 마지막에 여러분이라고 하는 게 마치 그곳에 세워진 아파트에 이사를 온 자신에게 하는 얘기 같아서 소름이 오싹 돋았다. 그러면서 한 가지 의문이 들었다.

"그런데 왜 알려지지 않은 거지?"

혼자서 중얼거린 그가 화면을 바라봤다. 그러자 깍지 낀 손을 푼 공포 탐정이 모르겠다는 듯 어깨를 으쓱거렸다.

- 94년에는 참 많은 일들이 있었죠. 임동주가 사라질 즈음에 바로 대구 지하철 공사장에서 가스 폭발사고와 삼풍백화점 붕괴 사건이 터지죠. 그래서 이번에도 그의 행적은 조용히 감춰집니다. 탈옥한 흔적이 없었던 것도 그 이유 중 하나입니다. 들리는 소문에는 그에게 죽음을 당한 피해자의 가족들이 죄수들을 매수해서 감옥 안에서 조용히 죽였다는 얘기가 있습니다. 하지만 어떤 것 하나 밝혀지지 않았습니다. 이상한 흔적들만을 남기고 말이죠. 숨겨진 연쇄살인마 임동주는 대체 어디로 사라져버린 걸까요? 이 영상을 보고 궁금하시거나 제보할 내용이 있는 분들은 영상이 끝나고 나오는 제 SNS로 메시지를 남겨주세요.

영상은 그것으로 끝이었다. 검게 변해버린 화면에 페이스북과 인스타그램 주소가 떠올랐다. 그걸 보면서 남기준은 머리가 차가워지는 느낌이었다.

"이춘재 뺨치는 연쇄살인마가 여기에서 사라졌단 말이지. 이상한 기호만 남겨놓고 말이야."

생각이 이어졌다. 교도소에 갔던 날, 독방에서 봤던 이상한 기호들은 분명 임동주가 범행 현장에 남긴 것과 똑같았다.

"그러면……."

자신이 독방에 있을 때 뒤에서 들려왔던 목소리가 떠올랐다.

"내가 있던 곳이 여긴가라고 했어. 그럼."

임동주가 죽지 않고 교도소를 탈출해서 자신이 갇혀있던 곳을 구경하러 왔던 것이다. 그것도 자신과 같은 공간에서 말이다. 남기준은 저도 모르게 차가운 숨을 내쉬었다. 지금의 아내가 된 여자 친구와 감옥의 복도를 걷다가 뒤를 돌아봤을 때, 그 앞에 우두커니 서 있던 중년 남자를 봤던 기억도 떠올랐다.

"그 남자가 혹시?"

하지만 멀리서 힐끔 봤을 뿐이라 임동주라는 확신이 없었다. 남기준의 머리는 더 복잡해졌다. 어째서 임동주는 자신이 잡힐 수 있는 흔적들을 남겨놨을까? 그리고 어떻게 교도소에서 감쪽같이 사라졌는지 미친 듯이 궁금했다.

"탈옥한 흔적은 없다고 했지만 처벌을 받을까 봐 그냥 둘러댄 거겠지."

하지만 고개를 저었다. 그러면 임동주의 가족들이 이곳에 와서 찾아달라고 시위를 벌일 필요가 없었기 때문이다. 거기다 한 가지 더 걸리는 게 있었다.

"검정색 후드를 입은 사람이 임동주가 살인 현장에 남긴 흔적들을 찾고 있었어."

그를 잡으면 흔적의 의미를 알 수 있을 것이라는 생각이 들었다. 아파트 단지에서 온갖 사건 사고들이 일어났고, 결국 사람까지 죽게 된 것이 결국 그 흔적 때문일 것이라는 느낌이 뜨겁게 다가왔다. 의자의 등받이에 몸을 기댄 남기준은 모니터를 들여다보면서 중얼거렸다.

"맙소사. 여기서 무슨 일이 벌어지고 있는 거야."

공포 탐정의 마지막 화면에 임동주가 남겼다는 기호들이 보였다. 그걸 뚫어지게 바라보던 남기준은 문득 그것을 찾고 싶다는 알 수 없는 욕망에 휩싸였다. 그래서 영상 마지막에 나온 공포탐정의 SNS에 메시지를 남겼다. 그리고 마지막에 자신의 이름과 연락처를 적고는 컴퓨터를 껐다.

다음 날, 아침 일찍 눈을 뜬 남기준은 취직자리를 알아보겠다는 핑계를 대고 밖으로 나갔다. 침대에서 일어난 아내는 잘 다녀오라는 짧은 얘기만 건넸다. 옷을 챙겨 입고 현관문을 열고 나온 남기준은 잠시 주저하다가 아래층으로 내려갔다. 어제 사람이 죽은 11층의 그곳은 굳게 문이 닫혀있었다. 그리고 문에는 경찰이 붙인 노란색 접근 금지 테이프가 붙어있었다. 칼이 떨어져 있던 곳에도 약간의 핏자국이 남아있었다. 핏자국과 문을 한동안 응시하던 남기준은 엘리베이터를 타고 1층으로 내려갔다.

그리고 하루 사이에 달라진 분위기에 놀랐다. 어제까지만 해도 새로 만들어진 아파트 단지 특유의 활기가 넘쳤는데 지금은 차갑다 못해 얼어붙은 분위기였기 때문이다. 숨소리조차 크게 낼 수 없는 분위기 속에서 후문 쪽에서 떠들썩한 목소리가 들려왔다. 어제 마주쳤던 바로 그 시위대였다. 어제는 좀 안쓰러웠는데 그들이 찾는 임동주의 실체를 알고 난 다음부터는 가까이 가기가 꺼려졌다. 하지만 시위를 하고 있는 건 그들만이 아니었다. 그 옆에 한 무리의 사람들이 모여서 목소리를 높이고 있었는데 다름 아닌 아파트 입주민들이었다. 그들은 층간 소음을 불러온 부실시공 문제를 해결하라고 외치는 중이었다. 그 앞에는 어제 얘기를 나눈 경비원 정진현이 무전기를 손에 든 채 바라보고 있었다. 그가 다가가자 경비원이 어정쩡하게 돌아서서 어설프게 웃었다.

"어제 괜찮았어?"

"내려가 봤었습니다."

남기준의 대답에 경비원이 땅이 꺼져라 한숨을 쉬었다.

"우리도 어제 발칵 뒤집혔어. 소리 좀 냈다고 사람을 죽이다니, 정말 세상이 어찌 이리 험악해졌나 몰라."

"그런데 위층 아저씨는 침대에만 누워있던 환자였는데요."

"내 말이. 나도 가서 봤는데 침대에서 꼼짝 못했다니까? 요양 보호사 곽 씨 아줌마도 조심조심 다녔다고 하는데 김 교수가 뭐에 씌웠나 봐."

"칼로 찌르고 아래로 내려가던데요."

경비원은 답답한 표정으로 대답했다.

"1층으로 내려왔다가 경찰한데 잡혀갔지. 순순히 잡혀가긴 했는데 본 사람이 워낙 많아서 말이야."

"저 시위대는 뭡니까?"

경비원은 남기준이 바라본 쪽을 힐끔 보고는 고개를 절레절레 저었다.

"뭐긴, 입주민들이지. 둘이 저렇게 찰싹 붙어있으니까 위에서도 쫓아내지도 못하고 지켜보라고만 하네."

그렇게 경비원과 얘기를 나누는 사이, 입주민 시위대 쪽으로 한 무리의 주민들이 다가갔다. 주로 아주머니들이었는데 그들은 입주민 시위대 앞에 서서는 삿대질을 하며 소리를 쳤다.

"아니, 이렇게 시위를 하면 어떡해? 집값 떨어뜨릴 일 있어?"

"진짜 미친 거 아니야?"

"죽고 싶으면 혼자 죽으라고! 이 아파트 사느라고 얼마나 힘들었는지 알아."

88

험한 소리를 들은 입주민 시위대들도 지지 않고 응수했다.

"누군 안 힘든 줄 알아요. 그런데 버틸 수가 있어야죠."

"층간 소음으로 사람이 죽었다고요. 그런데도 아무렇지 않아요?"

양쪽이 점점 거칠게 목소리를 높이자 지켜보던 경비원이 안절부절못하면서 무전기로 누군가를 불렀다. 그러는 와중에 양쪽의 목소리가 더 높아지면서 급기야 몸싸움이 벌어졌다. 그걸 본 경비원이 황급히 뛰어가서 양쪽을 뜯어말렸다. 무전을 받고 온 다른 경비원과 경호원들까지 가세했지만 역부족이었다. 멍하게 지켜보는데 휴대폰에서 카톡 알림음이 떴다. 남기준보다 몇 달 전에 회사를 그만둔 오종세라는 동기였다.

– 어이, 백수 생활 어때?

– 지루하고 따분해. 새로 옮긴 직장은 맘에 들어?

남기준이 남긴 카톡에 바로 답변이 돌아왔다.

– 맘에 들다마다. 완전 신세계야. 지방에 있는 거 빼고는.

– 그래도 다행이네. 어쩐 일이야?

– 지방 내려올 생각 없어? 여기 사장이 사람 좀 알아보라고 해서 말이야.

– 나, 서울 토박이라고.

- 염병하네. 난 사대문 안에 살았거든, 서울 밖이 다 시골인 줄 알았다고.

- 아니야?

- 서울보다 더 낫다니까. 내 말 믿고 한번 생각해 봐. 월급도 빵빵하고, 일도 널널해.

- 뻥치지 마. 그런 곳이 어디 있다고 그래.

- 우리가 우물 안 개구리였다니까, 그놈의 회사에 시달린 거 생각하면 지금도 잠이 안 온다니까.

짜증난다는 이모티콘을 본 남기준은 키득거렸다. 잠시 후, 카톡이 이어서 들어왔다.

- 아이가 있으면 모르겠지만 그것도 아니잖아. 와이프 잘 설득해 봐.

- 생각해 볼게.

- 그러지 말고 다음 주에 바람도 쐴 겸 내려와라. 사장이랑 만나게 해줄게. 작은 데라 사장만 오케이하면 바로 출근할 수 있어.

- 역시 동기밖에 없네.

- 그놈의 회사에서 얻은 게 이거뿐이잖아. 우리 보란 듯이 잘 지내서 그놈들한테 복수해야지. 안 그래?

잠깐 생각하던 남기준은 빙그르르 돌면서 머리 위로 OK가

뜨는 이모티콘을 보냈다. 그러자 바로 한심스럽다는 표정을 짓는 이모티콘이 돌아왔다.

- 수요일 어때? 점심 먹고 회사도 한번 둘러봐. 그리고 결정하면 되잖아.

- 역시 너밖에 없네. 고마워.

- 꼭 내려와라. 알았지?

알겠다는 내용을 카톡에 쓴 남기준은 점점 더 격해지는 양쪽의 다툼을 바라봤다. 경비원과 경호원이 나섰지만 양측을 지지하는 다른 입주민들도 가세했기 때문이다. 시위를 벌이는 쪽은 이렇게는 살 수 없다고 목소리를 높이고 있었고, 반대하는 입주민들은 집값 떨어지면 책임질 거냐는 말로 응수했다. 그 와중에 원래 시위를 벌이고 있던 임동주의 가족들은 관심 밖의 대상이 되었다. 그러면서 한쪽으로 떠밀려 났고, 결국은 해산해 버리고 말았다. 그중 보라색 야구 모자를 쓴 여자가 시비가 붙은 양쪽을 짜증나는 눈빛으로 쳐다보고는 돌아섰다. 남기준은 야구 모자를 고쳐 쓰던 그녀의 손목 아래쪽에 문신이 새겨져 있는 걸 스쳐 지나가듯 보게 되었다.

"저건?"

검정색 후드를 입고 아파트 단지를 돌면서 흔적을 찾던 사람의 것과 똑같았다. 거리가 좀 있어서 문신의 모양은 알 수 없었지만 적어도 위치는 똑같았다.

"설마 검정색 후드였다고?"

그 순간, 소름끼치는 연결고리가 생겼다. 살인 현장에 이상한 기호를 남긴 살인마 임동주의 가족 중 한 명이 그가 사라진 장소에서 흔적들을 찾아 헤매는 중이었다. 임동주에 대해서는 인터넷이나 유튜브에서도 얼마든지 찾아볼 수 있었으니 아파트 입주민들도 알고 있을 것이다. 하지만 임동주의 가족들 중 한 명이 그가 남긴 흔적들을 찾아서 아파트 단지 곳곳을 헤매고 있는 것은 꿈에도 생각하지 못했을 것이다. 거기까지 생각이 이르자 왜 검정색 후드를 뒤집어쓰고 경비원에게 후추 스프레이까지 뿌려가면서 도망쳤는지 이해가 갔다. 남기준이 계속 바라보는 걸 느꼈는지 보라색 야구 모자를 쓴 아가씨이자 검정색 후드가 언짢은 눈으로 쳐다봤다. 남기준은 순간적으로 소름이 돋았지만 호기심 역시 가시지 않았다. 남기준은 천천히 그녀를 쫓아갔다. 시위를 하던 일행과 함께 천천히 도로를 따라 걷던 그녀는 갑자기 편의점이 있는 골목으로 쓱 들어갔다. 남기준은 전봇대 뒤에 서서 그녀가 어디로 갔는지 살펴봤다.

"어?"

분명 골목길로 들어가는 걸 봤는데 아무데도 보이지 않았다. 당황한 남기준이 두리번거리는데 갑자기 안쪽 벽에서 그녀가 불쑥 나타났다. 골목길에 들어가자마자 전봇대가 있는 벽에 바짝 붙어있었던 것이다. 그녀가 놀란 남기준의 팔목을 움켜잡았다.

"아저씨, 뭐예요?"

"왜, 왜 이래?"

"아파트 입구에서 쳐다보고 있다가 따라왔잖아요."

남기준은 자신을 잡고 거칠게 따지는 그녀의 손목 안쪽을 살펴봤다. 잘 보이지는 않았지만 양손에 불을 움켜쥔 채 두 발로 서 있는 늑대 같은 게 그려져 있었다. 그녀는 남기준이 자신의 손목 안쪽에 있는 문신을 뚫어지게 바라보는 걸 느끼고는 붙잡았던 손을 놨다. 그리고 차가운 목소리로 말했다.

"시그니처를 알고 있네."

"시그니처?"

남기준의 반문에 그녀는 차갑게 웃으며 말했다.

"조심해. 시그니처는 쉽게 감당할 수 있는 게 아니니까."

시그니처라는 단어와 함께 알 수 없는 경고를 남긴 그녀가 돌아서서 골목길 안쪽으로 사라졌다. 남기준은 그 자리에 멍하게 서 있다가 휴대폰에서 들려오는 카톡 알림음에 정신을 차렸다.

오종세가 보낸 카톡이었는데 지방에 있는 직장 주소와 지도가 링크된 것을 보내왔다. 그다음으로 수요일날 보자는 글이 달렸다. 고맙다는 글을 짧게 남긴 남기준은 그녀가 사라진 골목길을 바라보면서 중얼거렸다.

"시그니처."

흔적 혹은 기호

카페에서 커피 한 잔을 마시고 아파트 단지 뒤편에 있는 공원에서 잠깐 서성거린 남기준은 해가 떨어질 무렵 집으로 돌아왔다. 입주민들끼리 편이 갈려서 싸움이 벌어졌던 후문 쪽은 조용했다. 대신, 방송국 로고가 붙은 자동차들이 몇 대 주차되어 있는 게 보였다. 마이크를 든 리포터가 지나가는 사람들을 붙잡고 인터뷰를 하려고 시도 중이었다. 하지만 대부분의 입주민들은 짜증나는 표정으로 이리저리 피해서 들어갔다. 남기준 역시 괜히 엮이면 피곤할 것 같다는 생각에 정문으로 돌아서 들어갔다. 102동 앞에 있는 놀이터에는 아이들과 어른들이 모여있었다. 하지만 어른들은 아이들을 보는 대신 삼삼오오 모여서 열띤 토론을 벌였다. 누군가 오죽 답답하면 단톡방 말고 나와서 얘기하겠느냐고 분통을 터트렸다. 먼발치서 대충 들어보니 의견이 갈린 것 같았다. 한쪽은 부실시공을 한 시행사에게 항의를 해야 한다고 하고 있었고, 반대쪽은 그럴수록 아파트 값만 떨어진다고 하는 것이었다. 그러자 항의를 하자는 쪽에서 이미 방송사에서 와서 진을 치고 있는데 감춘다고 해결될 일이냐고 반문했다. 그러자 반대편에서는 며칠만 입 다물고 있으면 조용히 가라앉을 일이라면서 괜히 분탕질 치지 말라고 응수했다. 아마 단톡방에서 얘기를 나누다가 답답해서 직접 나와서 입씨름을 벌이는 것 같았다.

잠시 지켜보던 남기준은 주머니에 손을 찔러 넣은 채 102동 안으로 들어갔다. 그리고 엘리베이터를 타고 12층으로 올라갔다. 중간에 11층에 내리고 싶은 충동이 잠깐 들었지만 꾹 참았다. '땡' 하는 소리와 함께 엘리베이터가 열렸다. 전자 도어록을 여는데 갑자기 서늘한 느낌이 들었다.

"그러고 보니 며칠 동안 이상한 현상이 벌어지지 않았네."

그게 오히려 더 불안했다. 안 좋은 징조가 사라졌다는 건 더 큰 일이 벌어지기 직전에 잠잠한 것일 수도 있다는 생각 때문이었다. 그런 생각을 하며 문을 살짝 당기자 안쪽에서 눅눅한 공기가 훅 밀려나왔다. 마치 오랫동안 어딘가에 갇혀 있으면서 썩어가던 것 같았다.

"이거, 그때 독방에서 느끼던 공기였는데."

불안감이 덜컥 밀려오면서 서둘러 문을 열었다. 아내는 이사 온 직후부터 몸이 약하고 부쩍 말이 없어졌다. 그래서 뭔가를 봐도 도망칠 여력이 없었다. 문을 닫고 안으로 들어온 남기준은 신발도 벗지 못하고 안으로 들어갔다.

"여보!"

절박하게 불렀지만 대답은 돌아오지 않았다. 집은 그대로였고, 뭔가 흩어지거나 부서진 흔적은 없었다. 부엌을 먼저 보고, 안방을 열어봤지만 아내는 어디에도 없었다. 마지막으로 화장실로 다가가는데 뭔가 이상한 진동 같은 게 느껴졌다. 공기 중으로 이상한 떨림 같은 게 느껴졌는데 마치 경고처럼 느껴졌다. 주저하던 남기준은 이를 악물고 화장실 문을 열었다. 깨진 거울이 그를 맞이했다. 타일에서 생긴 금이 거울로 옮겨간 것 같았다. 하지만 화장실에도 아내는 없었다. 천천히 문을 닫고 뒷걸음질로 나온 남기준은 허탈함에 무너져내릴 것 같았다.

"대체 어디 간 거지?"

아내의 흔적은 부엌에 남아있었다. 식탁에 포스트잇이 하나 붙어있었는데 아내가 급히 휘갈겨 쓴 듯한 글씨가 남아있었다.

　- 이 집은 미친 것 같아. 아니, 살아 있는 거 같아. 나는 더 이상 못 견디겠어. 당신도 그리고 이 집도.

　그 뒤로는 친정에 가 있을 테니까 당분간 연락하지 말라는 글이 덧붙여있었다. 올 게 왔다는 느낌, 그리고 혼자가 되었다는 느낌이 온몸을 태풍처럼 휘감았다. 갑자기 현기증이 찾아왔다. 남기준은 한 손으로 머리를 감싸 쥔 채 의자에 주저앉았다. 당장 전화를 하고 싶었지만 연락하지 말라는 아내의 글에 가슴 깊숙이 찔린 상태였다. 휴대폰을 식탁에 던지듯 내려놓은 남기준은 머리를 감싸 쥐고 멍하게 앉아있었다. 모든 게 뒤틀리고 파괴되었다는 느낌의 나무를 분노와 복수심이라는 넝쿨이 서서히 감싸고 있었다. 그러다가 초인종 소리를 듣고는 고개를 들었다. 혹시나 친정에 간 아내가 마음을 바꿔서 돌아왔을지 모른다는 생각에 그는 벌떡 일어나서 현관으로 나갔다. 하지만 초인종을 누른 건 경찰들이었다. 한 명은 어제 현장에서 봤던 경찰이었고, 다른 한 명은 짧은 머리를 한 여경이었다. 그가 문을 열자 어제 만났던 경찰이 살짝 고개를 숙였다.

　"안녕하십니까, 선생님. 잠깐 여쭙고 싶은 게 있어서 찾아왔습니다만."

"들어오시죠."

문을 활짝 열고 옆으로 물러난 남기준은 두 사람을 안으로 들어오게 했다. 소파에 앉은 두 사람에게 남기준이 말했다.

"이사 온 지 며칠 안 돼서 집안이 어수선합니다. 아내도 일이 있어서 친정에 갔고요. 차나 커피 같은 거?"

"괜찮습니다."

어제 봤던 경찰이 웃으며 손사래를 쳤다. 그가 입은 제복의 가슴에는 이남경이라는 이름이 적혀있었고, 그 옆에 앉은 짧은 머리 여경은 김향기라는 명찰을 달고 있었다. 남기준이 어색하게 웃으며 맞은편에 앉자 이남경 순경이 먼저 말을 건넸다.

"어제 많이 놀라셨죠?"

"그럼요. 층간 소음 때문에 사람을 죽인다는 건 TV에서나 봤지 진짜로 목격할 줄은 몰랐습니다."

"피살자의 요양 보호사에게 대략적인 상황을 듣긴 했는데요. 괜찮으시면 직접 한번 얘기해주실 수 있을까요?"

잠깐 생각하던 남기준이 얼굴을 살짝 찡그렸다.

"그게, 아래층에서 소리가 자꾸 나서 호기심에 계단으로 내려가 봤습니다. 계단 중간에서 보는데 10층에서 올라온 사람이 요양 보호사분과 말다툼을 하다가 밀쳐버리고 안으로 들어갔어요."

"칼을 뽑아들고 들어갔나요? 아니면 그냥 들어갔나요?"

"경황이 없어서 그건 생각나지 않습니다. 요양 보호사분이 비명을 질러서 무슨 일이 터진 줄은 알았는데 잠시 후에 10층에서 올라온 사람이 한 손에 피 묻은 칼을 들고 나왔습니다. 그리고는 현관에 칼을 떨어뜨렸습니다. 그 칼을……."

남기준이 바라보자 이남경 순경이 대답했다.

"제가 수거했죠. 중요한 증거물이었습니다."

그리고는 계속 말해달라는 눈빛을 건넸다.

"10층에서 올라온 남자가 칼을 떨어뜨리고 아래층으로 내려가는 걸 보고는 곧장 11층으로 들어갔습니다. 그리고 안방에 칼을 맞고 누워있는 사람을 봤죠."

"피살자는 모두 11군데를 찔렸습니다. 오랫동안 누워있던 환자라서 제대로 저항도 하지 못했습니다."

"제가 본 건 그게 전부였습니다. 무서워서 곧장 위층으로 올라가서 문을 잠갔죠."

"잘 하셨습니다. 관리사무소에서 안내방송을 안 하는 바람에 살인사건이 난 줄 몰랐던 주민들도 많았거든요. 그런데 왜 현관에 주저앉아계셨던 겁니까?"

예상 밖의 질문에 남기준은 머뭇거렸다. 차마 이상한 흔적을 발견했다는 얘기를 할 수는 없어서 다른 대답을 했다.

"그, 그게 피 묻은 칼을 보니까 무서워서 다리가 풀렸어요."

"그러셨군요. 그럼 피살자와 범인은 어제 처음 보신 겁니까?"

"네, 경비원 아저씨가 층간 소음이 있다는 얘기를 해주긴 했는데 직접 본 적은 없습니다. 이사 온 지 며칠 안 돼서 말이죠."

이남경 순경이 가만히 고개를 끄덕거리는 가운데 옆에 있던 김향기 순경이 물었다.

"범인은 어땠나요?"

"10층에 사는 김 교수 말입니까?"

남기준의 반문에 김향기 순경이 고개를 끄덕거렸다.

"그러니까, 잠깐 본 게 전부였지만 많이 이상했어요."

말을 해 놓고 나서 어색함을 느꼈다. 살인까지 저지른 사람이 안 이상할 리가 없었기 때문이다. 어쨌든 김향기 순경은 가만히 얘기를 들었다.

"눈빛이 굉장히 흔들린 거 같았습니다. 경황이 없어가지고요."

"복도에 있는 CCTV를 봤는데 범인이 현관 밖으로 나와서 잠깐 계단참, 그러니까 선생님이 서 있었던 곳을 올려다 본 게 확인되더라고요. 그리고 뭐라고 한 거 같은데 입 모양이 잘 안 보였어요. 혹시 뭔가 얘기를 했나요?"

괜히 물어본 게 아닐 거라는 생각에 머리가 확 차가워진 느낌
이었다.

"저를 올려다 본 것도, 뭐라고 말했다는 것도 모르겠습니다.
들은 것도 없고요. 아시다시피……."

남기준은 목이 메어서 말을 잇지 못했다. 갑작스러운 질문에
당황하기도 했고, 더 얘기하다가는 그 흔적에 대한 얘기도 할
것 같았기 때문이다. 김향기 순경도 더 이상 묻지 않았다. 그때,
화장실 문이 갑자기 천천히 열렸다. 아까 제대로 닫지 않은 것
같았다. 분명 새로 지은 아파트임에도 불구하고 오래된 문처럼
삐걱거리는 소리가 굉장히 요란했다. 그걸 본 김향기 순경이 일
어나서 화장실 쪽으로 다가갔다. 그리고는 남기준을 돌아보며
물었다.

"유리가 깨져있네요."

"어제는 벽에 있는 타일이 깨졌는데 오늘은 유리까지 깨졌더
라고요. 아무래도 부실시공 같아요. 이 아파트는."

심각한 표정으로 대꾸한 남기준을 본 김향기 순경이 천천히
화장실 문을 닫았다. 소파로 돌아간 김향기 순경이 심각한 표정
으로 물었다.

"아파트 단지에 이상한 현상이 벌어진다는 신고를 여러 건 받았습니다."

"어떤 현상이요?"

"갑자기 유리창이 흔들린다든지, 이상한 소리가 들린다는 신고들이 많았어요. 단지 안에서는 길고양이들이 계속 죽어서 캣맘들의 신고도 있었습니다."

"아, 저도 이사 온 다음부터 화장실 타일과 유리가 깨져서 좀 놀랐습니다."

"일단 무슨 일이 생기시면 바로 경찰에 연락해주십시오. 아파트 단지에 대한 순찰 횟수를 좀 늘리도록 하겠습니다."

"그래주시면 고맙고요."

몇 가지 질문이 더 오간 후에 두 경찰들이 일어났다. 남기준은 뭐라도 마실 걸 줄 걸 그랬다면서 뒤늦게 호들갑을 떨었다. 경찰들이 나가고 나서 남기준은 문을 닫고 참았던 한숨을 쉬었다.

"시발, 잘못한 것도 없는데 왜 겁을 먹은 거지?"

식탁으로 돌아와서 의자에 힘없이 앉아있던 그는 두 눈을 질끈 감았다. 머리가 복잡해지고 아파왔기 때문이다. 마른 숨을 삼킨 그는 중얼거렸다.

"시그니처……."

4
———

방
황

다음 날, 역시 아내는 돌아오지 않았다. 라면을 끓여먹고 점심까지 빈둥거리던 남기준은 밖에서 들려오는 소음에 계속 신경이 쓰였다. 베란다로 나가서 살펴보자 후문 쪽의 시위대가 어제보다 훨씬 늘어난 게 보였다. 마이크도 가져왔는지 소리도 더 크게 들렸고, 구호까지 외치는 것 같았다. 그 옆에는 교도소에서 사라진 연쇄살인마 임동주의 가족들이 와 있긴 했지만 규모와 기세에서 한참 밀리는 중이었다. 그걸 본 남기준이 중얼거렸다.

"흥미롭네."

집값 떨어진다고 없는 존재 취급하던 시위대 옆에서 나란히 시위를 벌이고 있는 모습이 너무 비정상적으로 보였다. 안방으로 들어가서 아내가 누워있던 침대에 몸을 뉘어봤다. 하지만 온기 대신 싸늘함만 느껴질 뿐이라 금방 일어났다. 회사에 사표를 내고 이곳에 오면서 모든 사회생활이 정지된 것 같았다. 친구에게 먼저 연락하지도 않았고, 뭔가를 하러 나가지도 않았다. 이곳에 온 이후 아파트 단지를 멀리 벗어나 본 적조차 없다는 사실을 깨달은 남기준은 쓴웃음을 지었다. 쏟아지는 무기력함과 동시에 호기심이 느껴진 남기준은 대충 씻은 다음 옷을 챙겨 입고 밖으로 나왔다. 102동 현관을 나오자마자 마이크를 통해 시위대의 목소리가 쏟아져 나왔다.

－ 건설사는 부실시공 책임지고 해결하라!

－ 층간 소음으로 살인사건이 벌어졌다. 시공사는 보강공사를 실시하라!

－ 새 아파트에 물이 새고 타일에 금이 가는 게 웬 말이냐! 시행사가 책임지고 보수하라!

한눈에 봐도 어제보다 몇 배나 많은 입주민들이 시위에 동참했다. 경비원과 경호원들은 먼발치에서 지켜볼 뿐이었다. 임동주의 가족들로 구성된 시위대는 그 옆에서 그야말로 한 줌처럼 보였다. 남기준이 다가가자 어제처럼 보라색 야구 모자를 쓴 그녀가 보였다. 남기준이 천천히 다가가자 그녀가 옆에 있던 할머니에게 귓속말을 속삭이고는 자리를 떴다. 하지만 도망친다는 절박함보다는 따라오라는 느낌을 더 강하게 받았다. 남기준은 모른 척 그녀를 따라 아파트 밖으로 나갔다. 마을 버스가 지나간 도로를 가로질러 간 그녀는 어제의 그 골목길로 접어들었다. 남기준 역시 천천히 따라갔다. 골목길 안쪽은 생각보다 구불구불했다. 중간중간에 있는 전봇대를 지나쳐 안으로 들어가자 갑자기 탁 트인 공간이 나왔다. 다른 큰 길과 연결된 길로 앞에 오래된 연립주택이 있어서 공간이 넓어진 것이다. 그녀는 연립주택 정문 옆에 있는 의류 수거함에서 담배를 꺼내고 있었다. 라이터로 불을 붙인 그녀에게 다가간 남기준이 물었다.

"시그니처가 뭐야?"

그러자 천천히 담배 연기를 뿜어낸 그녀가 남기준을 비스듬하게 바라봤다. 멀리서 봤을 때는 모자를 쓰고 있어서 10대 후반이나 20대로 보였는데 가까이서 보니까 30대 중후반인 남기준 또래로 보였다. 하긴, 임동주가 체포된 게 87년이었으니, 그 전에 태어났다면 최소한 30대 중후반이 되는 게 맞았다. 매끈한 피부와 탁하면서도 깊어 보이는 눈빛이 묘하게 압박감을 주었다. 야구 모자를 한번 고쳐 쓴 그녀가 말했다.

"기호나 흔적이라고 불러. 하지만 아버지는 그걸 시그니처라고 불렀어."

"아버지면?"

남기준의 물음에 그녀가 고개를 끄덕거렸다.

"임동주, 기호 살인마라고 불렸고, 서울 서부 교도소에서 흔적도 없이 사라진 사람. 내 아버지야."

아버지가 신문에 이름이 나올 정도로 끔찍한 살인마였다면 자식은 어떻게 살아가야 할지 짐작도 가지 않았다. 그런 남기준의 마음을 눈치챘는지 그녀가 야구 모자를 푹 눌러쓰면서 말했다.

"내가 왜 모자에 후드를 쓰고 다니는지 알겠지?"

"누가 알아봐?"

피식 웃은 그녀가 야구 모자를 살짝 벗으며 말했다.

"우리 엄마랑 똑같은 소리를 하네."

"임동주 가족은 공개된 적이 없잖아."

"아는 사람은 다 알아. 집에서 붙잡혀서 경찰한테 끌려가는 걸 동네 사람들이 다 봤거든, 그리고 범죄 현장에서 재현할 때도 사람들이 구름처럼 몰려들어서 얼굴을 봤고."

"그 후로 어떻게 지냈어?"

"죄인의 자식이라 죄인 취급을 받았지. 한밤중에 몰래 이사를 간 게 너무 많아서 세는 걸 포기할 정도였어."

"그 시그니처는 네 아버지가 그린 거야?"

"응, 할머니가 그러는데 집안 여기저기에 남겼고, 항상 종이 같은 곳에 그리면서 연습하곤 하셨대. 직접 보지는 못했지만 말이야."

"왜 거기에 집착한 거지?"

"모르지. 하지만 아버지는 항상 시그니처에 집착했어. 심지어 면회를 했을 때도 말이야."

"직접 만나 본 거야?"

"아주 어릴 때, 할머니가 날 데리고 가셨어. 난 정말 무서웠고, 아버지도 반대했지만 할머니는 아버지 얼굴은 봐야 할 거 아니냐고 하면서 날 데려가셨지."

"면회가서 아버지랑 무슨 얘기를 나눴어?"

"노트에 남겨둔 시그니처가 궁금했었어. 그래서 뭔지 물어봤지."

"대답은?"

"아버지가 묘하게 웃더라고, 그러면서 나보고 직접 찾아보라고 하셨어."

얘기를 들은 남기준이 아무 말도 하지 않자 그녀가 물었다.

"그래, 뭐가 궁금해서 날 쫓아온 거야?"

느릿하게 물은 그녀가 담배를 물었다. 남기준은 막상 그녀와 만나기는 했지만 뭘 물어볼지 막막했다. 그런 속마음을 눈치라도 챘는지 그녀가 가볍게 웃었다.

"너도 매혹됐구나."

"매혹?"

"시그니처는 사람을 매혹시키거든."

"그게 무슨 뜻인데?"

초조해진 남기준이 목소리를 높였다. 그러자 그녀가 담배를 바닥에 떨어뜨리며 말했다.

"그건 네가 더 잘 알 텐데? 그러니까 날 쫓아왔잖아."

"그냥 궁금해서 쫓아온 거야. 임동주는 대체 어디로 사라진 거야?"

"경찰도 아닌 것 같은데 왜 그렇게 궁금해해?"

그녀의 물음에 남기준이 잠시 주저하다가 대답했다.

"서부 교도소가 허물어지기 전에 와 본 적이 있어."

"아파트 짓기 전에?"

대답 대신 고개를 끄덕거린 남기준이 말했다.

"딱 하루 개방했던 적이 있어. 여기 지은 아파트를 사려고 해서 미리 와 봤지."

"그랬구나."

"거기서 독방을 들어갔는데 흔적을 봤어."

"시그니처?"

남기준은 이번에도 대답 대신 고개를 끄덕거렸다. 그러자 그
녀가 소매를 걷어서 소매 안쪽을 보여줬다.

"이런 거였어?"

"아니, 사람 몸통에 못이 박힌 머리, 그리고 망치 모양의 발을
가진 그림이었어. 그리고."

주저하던 그가 덧붙였다.

"목이 꺾인 새도 그려져 있었고."

차마 임동주로 의심되는 사람이 왔었다는 얘기는 하지 못했
다. 설명을 들은 그녀는 고개를 끄덕거렸다.

"아버지가 그린 게 맞을 거야. 내내 독방에 갇혀있었다고 했
거든."

"위험해서?"

"아니, 기괴해서."

"그게 무슨 뜻이야?"

"아버지는 감방 안에서 내내 시그니처만 그리고 또 그리셨나

봐. 그래서 아무것도 안 주면 손톱으로 벽에 그렸고, 손가락을 깨물어서 피로 그렸대. 그래서 교도소 측에서도 할 수 없이 펜과 종이를 줬나 봐."

"왜 시그니처를 그렇게 열심히 그린 거지? 심지어 범행 현장에도 남겨놨다가 잡혔잖아."

남기준의 물음에 그녀는 담배를 문 채 어깨를 으쓱거렸다.

"아버지가 남긴 수첩에 이런 글이 적혀 있었어."

"어떤 글?"

"놀라운 힘을 얻게 되었다고. 시그니처를 통해서."

그 얘기를 듣는 순간, 심장이 거세게 내려앉았다. 시그니처를 처음 봤던 순간의 그 불쾌함과 그다음에 봤을 때의 부글거리는 욕망을 관통하는 이야기였기 때문이다. 알 수 없는 힘. 부서지고 찌그러지며, 모욕당하고 외면당하는 자신의 삶을 돌이킬 수 있는 힘을 얻을 수 있을 것 같다는 막연한 환상을 품었던 것이다. 그리고 그것이 처음으로 확인되었다. 시그니처의 힘, 기괴하고 참혹한 기호가 엄청나고 놀라운 힘의 원천이라는 사실을 말이다.

"그런데 그 힘을 왜 살인에 쓴 거지? 고작."

그녀가 발로 담배를 비벼 끄면서 가볍게 웃었다.

"살인이 고작이라니, 죽음을 너무 쉽게 보네."

"아파트 단지 곳곳에 시그니처가 있는 걸 봤어. 네가 그린 거야?"

"아니, 누군가 그린 거야. 난 그걸 보고 해석할 뿐이고."

"해석?"

남기준의 반문에 그녀가 힘주어 말했다.

"시그니처의 힘을 얻으려면 그걸 받아들이고 해석할 줄 알아야 해."

묘한 미소를 지은 그녀가 손을 내밀었다.

"줘 봐."

"뭘?"

"휴대폰. 비번 풀어서 줘."

남기준이 주머니에서 휴대폰을 꺼내서 건넸다. 그러자 그녀가 전화번호를 하나 남겼다.

"이게 내 번호야. 나한테 걸면 네 번호도 저장해 놓을게. 내일도 시위 나오니까 그때 봐. 좀 더 자세히 얘기해줄게."

얘기를 마친 그녀가 야구 모자를 고쳐 쓰고 발걸음을 옮겼다. 휴대폰을 움켜쥔 남기준이 뒤늦게 물었다.

"뭐라고 저장하지?"

"임승미. 넌?"

"남기준."

대답을 한 남기준이 통화버튼을 눌렀다. 그녀가 주머니에서 휴대폰을 꺼내서 확인하고는 손을 흔들었다. 그는 통화 종료 버튼을 누른 후 임승미라는 이름으로 번호를 저장했다.

그 후로도 집에서는 이상한 일들이 계속 벌어졌다. 싱크대의 배수구에서는 이상한 목소리 같은 게 들렸고, 화장실의 금은 마치 살아있는 것처럼 사방으로 뻗어갔다. 남기준만 그런 일을 겪은 것은 아닌지 아파트 단지 곳곳에서는 두려움에 가득 찬 비명이 아침저녁으로 울려 퍼졌다. 그럴 때마다 아파트 부실시공을 책임지라는 시위대의 규모는 점점 더 커졌다. 그 사이 남기준은 무감각해졌다. 이상한 현상들을 무서워하지 않았고, 물끄러미 지켜볼 뿐이었다. 임승미가 포함된 시위대도 계속 나타났지만 어쩐지 그녀에게 다가가거나 말을 걸지 못했다. 그랬다가는 더욱더 시그니처에 매혹될 것 같았기 때문이다. 그렇게 시간이 흘러갔고, 수요일이 되었다. 전날부터 오종세에게서 시간 맞춰 내려오라고 카톡이 여러 번 왔다. 아침 일찍 일어난 남기준은 그나마 가지고 있는 옷 중에 면접과 어울릴만한 걸 챙겨 입고 밖으로 나왔다. 시외버스 터미널에 가서 그곳까지 가는 버스를 타기로 했다. 회사는 터미널 근처에 있어서 택시를 타면 금방이었다. 정문은 입주민들의 시위대가 불어난 규모로 버티고 있어서 후문으로 돌아가기로 했다. 후문에는 정문에서 밀려난 임승미와 시위대가 조촐한 규모로 시위를 벌이는 중이었다. 다들 정문의 입주민 시위대 쪽에 가 있는지 경비원이나 경호원은 보이지 않았다. 그들 옆을 지나가는데 검정색 추리닝 차림의 임승미가 말을 걸었다.

"어디가?"

주춤한 남기준은 짧게 대답했다.

"면접 보러."

"그러지 마."

"왜?"

"시그니처가 널 기다리고 있어."

환하게 웃은 임승미의 얘기에 남기준은 저도 모르게 주춤거렸다. 하지만 동기와의 약속도 지켜야 하고, 무엇보다 이 아파트 단지를 벗어나고 싶었다. 어색하게 웃은 남기준은 그녀의 곁을 지나 아파트 단지에서 멀어졌다.

그 후, 남기준은 쫓기듯이 시외버스 터미널에 도착했다. 지하철역 건너편에 있는 시외버스 터미널은 리모델링이 한창이라 외벽에는 비계가 세워져 있었고, 내부 역시 어수선했다. 지방으로 내려가는 버스를 타고 등받이에 몸을 기댄 남기준은 휴대폰을 꺼내서 만지작거렸다. 그리고 아내에게 전화를 하려고 몇 번이고 통화 버튼을 누르려고 했다. 하지만 통화 버튼 위쪽에 갖다 댄 엄지손가락을 차마 누르지 못했다. 결국 휴대폰을 다시 주머니에 넣고 창밖을 바라봤다. 승객이 절반도 차지 않은 버스 안은 조용했다. 무료함을 없애기 위해 잠을 청해봤지만 소용이 없었다. 임승미의 말대로 시그니처가 머리에 계속 떠올랐기 때문이다. 임동주가 감쪽같이 사라지고, 그가 사라진 교도소 자리에 세워진 아파트에서는 이상한 흔적과 사건들이 계속 벌어지는 중이었다. 결국 이런저런 생각 때문에 2시간 가까이 창밖만 바라보다가 도착했다. 허름한 터미널에 내린 남기준은 자판기에서 캔 커피를 하나 뽑아서 단숨에 벌컥벌컥 마셨다. 그리고 빈 캔을 쓰레기통에 농구공 던지듯 넣어버리고, 터미널 밖으로 나왔다. 그리고 줄지어 서 있는 택시들 중 제일 앞에 있는 택시 뒷좌석에 탔다. 그는 친구가 일하는 회사 이름을 얘기했다.

5분쯤 지나자 시내를 벗어난 택시는 큰 강에 놓인 다리를 지나서 목적지에 도착했다. 미리 카톡으로 도착시간을 알려놓았더니 회사 앞에는 오종세가 서 있었다. 청바지에 회사 로고와 이름이 적힌 점퍼를 입은 그가 차에서 내리는 남기준을 향해 다가왔다.

"아이고, 이런 누추한 곳까지 오느라 고생 많았어."

오종세가 서 있는 곳 뒤에는 2층 건물이 보였다. 오종세가 돌아서며 말했다.

"여기가 내가 일하는 곳이야. 오는데 안 힘들었어?"

"버스 타고 오니까 금방이던데. 이런 데는 어떻게 안 거야?"

"회사 관두고 머리 식히러 여행을 좀 다녔거든. 그러다가 이 근처에 왔는데 아버지 친구분 동창 회사라고 해서 지나가다가 들렀어. 그런데 회사 비전도 있고, 조건도 마음에 들어서 말이야. 어서 들어와."

현관문을 열고 안으로 들어가자 기계들이 보였다. 자동으로 움직이는 기계들이 비료 포대 같은 걸 포장하는 중이었다. 하얀색 유니폼과 모자를 쓴 직원들이 포장된 포대를 팔레트 위에 차곡차곡 쌓았다. 남기준이 그걸 바라보자 앞장 선 오종세가 웃었다.

"저런 거 처음 보지?"

"응, 비료야?"

"비슷해. 닭이나 돼지들한테 먹이는 특수 비료지. 인삼과 한약 재료로 만들어."

"엄청 잘 먹네."

"저걸 먹으면 빨리 자라고 살도 많이 찌니까."

오종세는 계단을 올라가면서 내내 설명했지만 남기준의 귀에는 별로 들어오지 않았다. 2층은 1층과 달리 사무실로 꾸며져 있었는데 가운데에는 유리로 된 회의실이 있었다. 문을 열어준 오종세가 자리를 눈으로 가리켰다.

"잠깐 앉아있어. 사장님 모시고 올게. 커피? 아니면."

"커피."

오종세가 유리문을 닫고 나갔다. 홀로 남은 남기준은 잠시 심호흡을 했다. 완벽한 기회라는 생각이 들었다. 아내가 떠나고 이상한 일들이 연거푸 벌어지는 아파트 단지를 벗어나서 조용한 곳에서 지낼 수 있다는 생각이 든 것이다. 이곳에 오면 그를 귀찮게 하거나 혹은 고민에 빠트릴 문제들이 따라오지 않을 것 같다는 느낌도 함께 들었다. 그러는 찰나, 유리벽에 희미하게 시그니처가 나타났다가 사라졌다.

"뭐지?"

눈을 비비고 다시 살펴보는데 다른 벽에서 시그니처가 보였다. 이번에도 희미하게 떠올랐다가 사라졌는데 마치 나를 잊지 말라고 하는 것 같았다. 환영인지 실제인지 모르는 시그니처들의 모습은 유리벽을 따라 내내 나타났다가 사라졌다. 덕분에 오종세가 사장과 함께 들어왔을 때 남기준은 완전히 넋이 나갔다. 머릿속에는 오로지 시그니처밖에 떠오르지 않았다. 그래서 사장과 오종세의 물음에 대충 성의 없이 대답하고는 멍하게 앉아 있었다. 사장의 표정은 차츰 굳어졌다. 그리고는 짜증 섞인 목소리로 덧붙였다.

"서울에서 일하는 게 무슨 벼슬인 줄 아는 사람이 너무 많네."

굳은 표정의 사장이 나가고 나서 오종세가 답답하다는 표정을 지었다. 하지만 남기준은 이제 시그니처를 보러 갈 수 있다는 생각에 푹 빠져 있었다. 의자에서 일어난 남기준은 따라 일어난 오종세에게 말했다.

"화장실 좀 갔다 올게."

"알았어. 갔다가 밖으로 나와. 차에서 기다릴게."

화장실로 간 남기준은 볼일을 보고는 손을 씻기 위해 세면대 앞에 섰다. 거울 옆에 붙은 청소 표가 보였다. 청소 상태를 확인하고 표시를 하는 건데 거기에 줄에 묶인 볼펜이 있었다. 잠깐 바라보던 남기준은 청소 표의 모서리에 아주 작게 시그니처를 그려넣었다. 목이 없는 짐승이 온몸에 불이 붙은 형태로 즉흥적으로 그린 것이다. 볼펜을 조용히 내려놓은 그는 거울을 바라봤다.

"내가 왜 이러는 거지?"

답은 알 수 없었다. 다만, 사장의 빈정거림에 어떻게든 복수하고 싶었을 뿐이었다. 밖으로 나온 남기준에게 오종세가 버스 터미널까지 태워주겠다고 했다. 차를 타고 가는 동안 아무 말이 없다가 버스 터미널에 도착하자마자 내리는 남기준에게 오종세가 한마디 했다.

"사장한테는 내가 얘기해볼 테니까 딴마음 먹지 말고 내려와. 여기 집값도 완전 저렴해. 그게 아니면 전세나 월세로 들어와도 되고."

"생각해 볼게."

"야, 서울은 지옥이야. 벗어나 보니까 알겠더라."

차문을 닫으려던 남기준은 오종세를 바라봤다. 핸들을 잡고 있던 그의 눈을 뚫어지게 바라보던 남기준이 물었다.

"그럼 여긴 천국이야?"

예상 밖의 질문에 오종세는 떨떠름하게 웃었다.

"지옥의 문턱 정도 되지. 지옥이 얼마나 끔찍한지 눈앞에서 볼 수 있는."

남기준은 웃음을 남기고 차 문을 닫았다. 그리고 터미널 안으로 들어가서 자동 발매기로 서울로 올라가는 버스표를 끊었다. 다행히 곧 출발하는 버스가 있어서 화장실에 잠깐 들렀다가 바로 버스에 탔다. 아까처럼 사람이 많지 않아서 텅 빈 느낌을 줬다. 이번에는 서울에 도착할 때까지 잠을 푹 잘 수 있었다. 버스가 터미널에 도착한 직후 눈을 뜬 남기준은 서둘러 내렸다. 그리고 주머니에서 꺼낸 휴대폰을 만지작거렸다. 오종세에게 얘기를 해줄까 고민한 것이다. 그러다 도로 주머니에 넣었다.

"어차피 믿지도 않을 텐데."

그리고 터미널 앞에서 택시를 잡고 아파트로 향했다. 초조해하는 남기준의 모습을 본 운전기사가 무슨 급한 일이 있느냐고 지나가는 말처럼 물었다. 예의 바르게 웃은 남기준은 별일 아니라고 대답하고는 잠자는 척 눈을 감아버렸다. 마음속이 온통 부글거렸기 때문이다. 택시가 아파트 단지 후문에 도착하자마자 남기준은 계산을 하고 내렸다. 이미 해가 어둑해지기 시작한 터라 마음이 몹시 급했다. 다행히 임승미의 시위대는 이제 막 해산하려는 것 같았다. 남기준은 숨을 헐떡거리며 그녀를 찾았다.

다행히 모자를 쓴 그녀는 마치 기다리고 있었다는 듯이 남기준을 바라보고 있었다.

두 사람은 아파트 단지에서 좀 떨어진 큰길에 있는 루프톱 카페로 향했다. 9층에 있는 카페는 손님이 얼마 없고, 테이블 사이의 간격이 넓어서 조용히 얘기를 나누기에는 더없이 좋았다. 모자를 벗고 자리에 앉은 그녀는 남기준이 주문한 커피를 받아서 가져올 때까지 다리를 꼬고 앉아서 조용히 창밖을 바라봤다. 남기준이 가져온 커피를 테이블에 내려놓자 고개를 돌렸다.

"면접 잘 봤어?"

"그럭저럭."

"아까 굉장히 급하게 내리던데."

남기준이 아무 말도 하지 않자 얼굴을 바짝 들이댄 그녀가 물었다.

"시그니처가 떠올랐구나."

마치 회의실에서 시그니처를 보고 마음이 빼앗긴 것을 눈치 챈 것 같은 말투였다. 남기준이 아무 말도 하지 않고 커피를 한 모금 마시자 그녀가 안주머니에서 수첩과 볼펜을 꺼내서 탁자 위에 올려놨다. 그리고 말없이 수첩을 펼쳐서 그에게 보여줬다.

수첩 안에는 시그니처들이 잔뜩 그려져 있었다. 남기준이 말없이 시그니처를 바라보자 커피를 한 모금 마신 임승미가 말했다.

"아버지는 시그니처에 힘이 숨겨져 있다고 믿었어."

"힘? 무슨 힘?"

날카로운 그의 물음에 임승미가 수첩을 도로 챙기면서 말했다.

"영혼을 자유롭게 할 수 있는 힘."

"자유롭게 해주는 게 아니라 저주를 내릴 것 같은데?"

남기준의 말에 발끈한 그녀가 말했다.

"시그니처를 우습게 보면 저주를 받을 거야."

"이미 받고 있는 거 같아. 내 앞에 계속 나타나거든."

초조함이 물씬 담긴 남기준의 얘기를 들은 임승미가 묘한 표정을 지었다.

"완전히 시그니처에 매혹됐구나. 나처럼."

"어떻게 해야 벗어날 수 있지?"

"왜 벗어나려고 하는데?

예상 밖의 질문에 남기준은 잠시 생각에 잠겼다.

"무서우니까."

남기준의 대답을 들은 임승미가 별안간 그의 손을 잡았다.

"두려워하지 마. 시그니처는 힘을 가지고 있어."

"어떤 힘인데?

그녀는 미묘한 표정을 지으며 웃었다. 마치, 세상에 아무도 모르는 걸 혼자 알고 있다는 우월하고 짜릿한 표정이었다. 남기준이 계속 바라보자 임승미가 눈빛을 반짝거렸다.

"무한대의 힘."

임동주 얘기를 들은 남기준은 바짝 긴장했다.

"네 아버지, 탈출한 거 맞지?"

"왜 그렇게 생각해?"

남기준은 임승미의 얘기를 듣고는 마른침을 삼켰다. 그리고 주저하다가 입을 열었다.

"내가 봤으니까."

"어디서?"

"개방한 교도소에서, 내가 독방을 보고 있는데 누군가 뒤에서 내가 있던 곳이 여기였다고 중얼거리는 소리를 들었어."

"누군가 장난쳤겠지."

"먼발치서 보긴 했지만 내 눈으로 직접 봤어."

남기준의 얘기를 들은 임승미가 한 손으로 입을 가리고 크게 웃었다. 카운터에서 책을 읽고 있던 주인 아주머니의 시선이 느껴졌지만 임승미는 개의치 않고 웃었다. 그러더니 휴대폰을 꺼내서 화면을 보여줬다.

"할머니가 찍은 아버지 사진이야."

핸드폰 화면 속의 임동주는 공포 탐정의 유튜브에서 봤던 것과 동일 인물이었다. 그리고 전체적인 체구를 확인할 수 있었는데 개방된 교도소에서 만났던 인물과는 확연히 차이가 났다. 화면 속의 임동주는 체구가 큰 편이었지만 교도소에서 만난 인물은 작고 아담한 체구였기 때문이다.

"나에게도 오지 않았는데 다른 사람에게 나타나지는 않았을 거야."

왠지 모르게 실망한 남기준에게 핸드폰을 도로 주머니에 넣은 임승미가 말했다.

"아버지는 시그니처에 특별한 힘이 있다고 믿었어."

"그러니까 살인을 한 현장에 남겨놨겠지."

실망한 남기준이 다소 감정적으로 대꾸했지만 임승미는 태연하게 대답했다.

"아버지는 그걸 살인으로 생각하지 않아."

"그럼?"

"과정이라고 생각했지."

"어떻게 아는데? 면회 갔을 때 들려주기라도 한 거야?"

남기준의 말에 임승미가 차갑게 웃었다.

"맞아. 면회 갔을 때 아버지가 말해주었어."

"사라진 그해구나."

"맞아."

"어땠어?"

남기준의 물음에 임승미가 어깨를 으쓱거렸다.

"어둡고 차가운 곳이라서 너무 무서워서 가는 내내 울었지. 집에 가고 싶다고 말이야. 창피하지만 그때 오줌도 싼 거 같았어."

"그 면회실 본 적 있어."

"지금도 기억나. 진짜 감방에 들어가는 느낌이었으니까. 교도관이 날 보고 웃었는데 그것조차 무서웠거든."

남기준은 임승미의 말에 차츰 빠져들었다. 커피를 한 모금 마신 그녀가 이야기를 이어갔다.

"할머니와 앉아서 기다리는데 잠시 후에 아버지가 나타났어."

"어땠어?"

"잘 안 보였어. 너무 어두웠거든, 그래서 아버지가 나타났을 때 너무 놀랐어. 그래서 한참 우니까 아버지가 종이로 뭘 보여줬어."

"뭘? 시그니처?"

임승미는 남기준의 물음에 천천히 고개를 끄덕거리더니 수첩을 다시 펼쳤다. 그곳에는 남기준이 교도소의 독방에서 봤던 못박힌 머리와 망치로 된 다리를 가진 시그니처가 그려져 있었다.

"그걸 보고 울음을 그치니까 아버지가 나를 보면서 웃었어. 그리고는 '시그니처를 알아보는 구나?'라고 말했지."

"어떤 느낌을 받은 거야?"

"아니, 그냥 눈길이 갔을 뿐이었어. 그런데 신기하게도 빨려드는 거 같았어. 내가 누구고, 어디에 있는지, 그리고 왜 여기 왔는지조차 잊어버리게 만드는 느낌이었지."

남기준도 정확히 그 느낌을 받았기 때문에 자연스럽게 고개를 끄덕거렸다. 그러자 임승미의 입술에 미소가 걸렸다.

"그래서 정신없이 쳐다보니까 아버지가 그랬어."

"뭐라고"

"시그니처를 받아들이라고 말이야. 그러면 힘을 얻고 행복해질 거라고 했어."

"정말 그랬어?"

임승미는 남기준의 질문에 잠깐 동안 침묵을 지켰다. 침묵의 뜻을 이해한 남기준이 중얼거렸다.

"아직도 못 받아들였구나."

남기준은 그녀가 매일 아파트 단지 앞에서 시위를 하면서 검정색 후드를 뒤집어쓰고 단지 곳곳을 찾아 헤매는 이유를 간파했다.

"찾아 헤매고 있었어."

그의 말에 임승미가 등받이에 몸을 기댄 채 창밖을 쳐다봤다. 차갑고 속내를 알 수 없었던 이전까지와는 달리 처음으로 낭패감을 드러냈다.

"그 이후, 평생 시그니처를 찾아 헤맸어. 하지만 아버지는 종적을 감춰버렸지. 처음에는 탈옥했다고 믿었어. 그래서 언제 불쑥 찾아와서 나에게 시그니처를 설명해 줄 거라고 믿었지. 그런데 진짜로 증발해버린 거였어."

"감옥 안에서?"

"응, 아침 점호 때 독방이 텅 비어 있었다고 했어. 그래서 안팎으로 뒤지면서 난리가 났는데 아무것도 없다고 했어. 땅굴을 판 것도 아니고, 간수와 옷을 바꿔치기해서 나간 것도 아니고 말이야. 일단 독방 안에서 밖으로 나간 흔적이 전혀 없다고 했으니까."

"가족들에게는 뭐라고 했어?"

"교도소장이 밤중에 돈을 엄청 싸 들고 찾아 왔다고 들었어. 이게 터지면 교도관들이 줄줄이 잘린다고 말이야. 어머니는 돈을 받고 모른 척하기로 했고, 교도소에서는 질병으로 인해서 사망했다고 둘러댄 거지. 예전에는 보증인이 두 명만 있으면 사망 진단서를 받아서 화장할 수 있었거든."

임승미의 얘기를 들은 남기준은 여전히 미심쩍었다.

"글자 그대로 증발한 셈이네. 나는 자살했는데 교도소에서 몰래 매장하고 시치미를 뗀다고 생각했는데 말이야."

"아니야. 내가 직접 교도관에게 확인했어."

"쉬쉬하고 있었을 텐데 어떻게?"

"그곳에서 근무하던 교도관과 동거한 적이 있었어."

태연하게 얘기한 그녀의 모습에 남기준은 적잖게 놀랐다. 그런 시선을 느꼈는지 그녀가 커피를 한 모금 마시고는 창밖을 계속 바라봤다.

"그러다가 교도소를 허물고 지은 이곳에서 시그니처가 발견되었다는 소식을 들었지. 그래서 찾아 헤매고 있었어."

"후드를 썼던 건 누가 볼까 봐 그런 거였고?"

"응, 어머니가 갑자기 무슨 생각이 들었는지 아버지를 찾아야 한다고 하면서 가족들과 친지들을 모아서 시위를 한다고 하셨어. 교도소장에게 받은 보상금으로 친척들이 혜택을 받아서 다들 따라 나왔지. 안 나올 수 없는 상황이 되었고, 덕분에 아파트 안을 돌아다니려면 얼굴을 감춰야 해서 후드를 쓰게 된 거야."

자초지종을 듣고 나서 궁금해진 남기준이 물었다.

"아파트에서 계속 이상한 현상들이 벌어지고 있어."

"주민들에게 들었어. 너도?"

고개를 끄덕거린 남기준이 대답했다.

"싱크대에서 이상한 소리가 들렸어. 그리고 베란다 벽에 시그니처가 잠깐 나타났다가 사라졌고, 화장실 타일이 갑자기 깨졌는데 마치 살아있는 것처럼 계속 금이 가고 있어. 그리고."

주저하던 그는 커피를 한 모금 마신 다음 털어놨다.

"아래층에서 층간 소음으로 살인사건이 일어났어. 그런데 이상하게도 위층에서 소리를 냈다는 사람은 침대에서 꼼짝도 못하는 환자였어."

"이상하네. 혹시."

임승미의 물음에 그가 고개를 끄덕거렸다.

"현관 문 아래쪽에 시그니처가 작게 그려져 있는 걸 봤어."

"어떻게 생긴 거?"

"목이 꺾인 채 날개를 활짝 펼친 검은 새."

"부러진 목에서 뭔가 새어나오고?"

남기준이 고개를 끄덕거리자 임승미가 수첩을 펼쳐서 그림을 하나 보여줬다. 두 페이지에 걸쳐서 날개를 펼친 새의 모습을 본 그가 대답했다.

"맞아."

그러자 수첩을 접은 임승미가 한숨을 쉬었다.

"층간 소음으로 살인이 벌어졌다는 얘기 듣고 시그니처가 있을 것 같다는 생각을 하긴 했어. 하지만 들어가 보지를 못해서 답답했는데, 사실이었네."

"누가 그린 거지?"

"몰라. 지금까지 크고 작은 사건이나 사고가 난 곳에서 시그니처가 종종 발견된 적이 있긴 했어."

"네 아버지가 사라진 이후에?"

남기준의 물음에 그녀가 수첩을 펼쳤다.

"2010년부터 작년까지 전국에서 벌어졌던 살인사건이나 사고가 났던 장소에서 시그니처를 찾아봤어."

"발견했어?"

그녀가 대답 대신 수첩을 건넸다. 거기에는 2010년부터 시작해서 전국에서 사건이 벌어진 장소에서 발견된 시그니처들이 표시되어 있었다. 생각보다 많이 발견된 것을 보고는 머리가 차가워졌다.

"적지 않네."

"내가 모르거나 가서도 발견하지 못한 게 있을 거야."

"시그니처가 발견된 장소에서 벌어진 사건들 중에는 범인이 잡힌 것도 꽤 많아. 그들이 남겨놓은 걸까?"

"아니, 몇 명 면회해봤는데 시그니처의 존재에 대해서는 모르는 것 같았어."

"그럼? 머리가 좋아야 해?"

반쯤 농담처럼 물어봤는데 임승미가 차갑게 대답했다.

"숭배해야만 해. 그래야 시그니처를 받아들일 수 있지. 그걸 이용하거나 혹은 무작정 써먹으려고 하면 안 돼."

"시그니처는 어디서부터 시작된 거지? 무슨 힘을 가지고 있기에 동거까지 하면서 찾으려고 했던 거야?"

남기준의 물음에 임승미는 손가락을 까닥거렸다.

"질문이 너무 많아. 일단 시그니처가 어디서 왔는지는 나도 몰라. 아버지가 가르쳐주지 않았거든. 확실한 건 말이야."

눈을 가늘게 뜬 임승미가 잠깐 남기준을 바라보다가 덧붙였다.

"무한대의 힘을 가지고 있어."

"어떤 힘?"

"그걸 믿고 그리는 자의 뜻을 이뤄주지. 상대방을 불행하게 만들거나 혹은 나락으로 떨어뜨릴 수 있어."

"일종의 저주란 말이지?"

"아니."

짤막하게 대답한 임승미가 뜻 모를 웃음을 지으며 말을 이어갔다.

"저주는 그렇게 되리라고 기원하는 거고, 시그니처는 반드시 그렇게 돼."

임승미의 대답을 들은 남기준은 얼마 전 유튜브에서 공포 탐정이 올린 영상을 떠올렸다. 홍문자교라는 종교 단체에 대해서 얘기했던 것을 따로 언급하지 않은 게 이상했지만 그냥 넘어가기로 했다. 다 알려주지 않기로 마음먹은 것 같다는 느낌을 받았기 때문이다. 그런 남기준에게 임승미가 말했다.

"한 가지만 확인해주면 어디서부터 시작되었는지는 들려줄 수 있어."

"어떤 거?"

"214동 옥상에서 중학생이 뛰어내렸어."

"뭐라고? 난 왜 몰랐지?"

"가족부터 다들 쉬쉬하고 있으니까. 거기 가서 시그니처를 확인해줘."

"직접 하지?"

"난 이방인이잖아. 게다가 저번에 경비원한테 거의 잡힐 뻔했어."

"다른 동은 나도 못 들어가."

"방법을 찾아봐. 그 정도 노력은 해야 원하는 걸 얻을 수 있잖아."

"내가 왜 시그니처를 원한다고 생각해?"

남기준의 반문에 그녀는 눈을 똑바로 들여다봤다.

"눈빛으로 충분히 알 수 있으니까."

수첩을 접은 그녀는 자리에서 일어났다. 그녀가 카페를 나간 후에도 남기준은 한참 동안이나 혼자 앉아있었다. 어둠이 깊어가는 창밖을 말없이 바라보던 남기준은 낮아지는 온도 때문에 성에가 낀 유리창에 손가락으로 시그니처를 그렸다. 성에가 사라지면서 시그니처 역시 천천히 사라졌다.

5

시그니처를
찾아서

다음 날, 남기준은 추리닝에 야구 모자를 쓰고 밖으로 나왔다. 아파트 단지 안은 여전히 뒤숭숭했는데 지난번에는 보이지 않던 현수막이 상가 쪽에 걸려있는 게 보였다. 부실 아파트 시공을 보상하라는 글씨가 아주 크게 적혀있었다. 바람이 심하게 불면서 현수막이 펄럭거렸고, 몹시 거슬리는 소리를 냈다. 214동이 있는 곳을 찾아갔지만 그 앞에서 한참을 서성거려야만 했다. 각 동마다 출입할 수 있는 카드나 비밀번호가 따로 있었기 때문이다. 그렇게 서성대는 와중에 친정에 간 아내에게 전화를 할까 고민을 했다. 하지만 막상 전화를 해도 할 말이 떠오르지 않았다. 미안하다고 말하기에는 미안한 게 없었고, 돌아오라고 하면 그녀가 대뜸 물을 말이 떠올랐기 때문이다.

"진심이야?"

남기준은 그 말 앞에서 항상 머뭇거렸다. 나의 생각을 모두 말해야 한다는 것도 부담스러웠고, 진심이라고 대답해도 아내는 여전히 의문스러운 눈길을 던졌기 때문이다. 주저하던 남기준은 아내에게 전화할 생각을 씹어 삼켰다. 담배 생각이 나긴 했지만 요즘은 단지 안에서 피우는 것도 눈치가 보이는 상황이라서 꾹 참아야만 했다. 그렇게 214동 근처를 서성거리는데 낯익은 목소리가 들렸다.

"어이, 102동에 새로 이사 오신 양반 아니야?"

고개를 돌리자 정진현이라는 이름표를 단 중년의 경비원이 빗자루를 든 채 서 있는 게 보였다. 지난번에 인사를 나눈 기억이 난 남기준이 얼른 아는 척을 했다.

"아, 안녕하세요."

"낮인데 출근 안 하는 겨?"

"이직하고 잠깐 쉬는 중입니다. 다음 달부터 다시 출근이에요."

남기준은 다음 주라고 하려고 했다가 다음 달로 바꿔서 대답했다. 다행히 경비원은 그런가 보다 하고 넘어가는 눈치였다. 돌아서서 빗질을 하려는 경비원을 본 남기준이 혹시나 하는 생각에 다가갔다.

"저, 부탁이 있는데요."

"무슨 부탁?"

돌아선 경비원에게 남기준이 214동을 가리켰다.

"저기, 옥상에 좀 올라가고 싶은데요."

"102동 사는 사람이 저길 왜?"

잠깐 생각하던 남기준이 대답했다.

"제가 사진을 찍는 취미가 좀 있어서요. 214동에서 저쪽 산을 보고 찍으면 잘 나올 거 같아서 말이에요. 102동은 각도가 안 나오더라고요."

"그래? 그런데 거기 옥상은 좀 거시기한데."

"왜요?"

남기준이 모른 척 묻자 경비원이 얼굴을 찡그렸다.

"얼마 전에 거기서 중학생이 뛰어내렸거든."

"어우, 정말이요?"

짐짓 모른 척을 한 남기준이 안타까운 표정으로 214동을 바라봤다. 담뱃값이라도 찔러줄까 했지만 고작 아파트 옥상 올라간다고 그러는 게 더 이상해 보였다. 일단 말을 더 걸어보기로 했다.

"그 중학생은 왜 뛰어내렸대요? 공부 때문에 시달려서 그랬나요?"

경비원은 그 얘기를 듣고는 코웃음을 쳤다.

"공부는 무슨 놈의 공부. 완전 양아치였지."

"말썽을 피웠다고요?"

남기준의 물음에 경비원은 얼굴을 찡그리며 손사래를 쳤다.

"어린놈이 담배는 기본이고, 술도 처먹었어. 거기다 학교에서도 엄청 사고를 쳤고 말이야."

"보통 그러면 남을 자살하게 만들지 자기가 자살하지는 않잖아요."

남기준의 물음에 경비원이 얼굴을 찡그리며 214동의 옥상을 올려다봤다.

"그렇지. 그래서 다들 이상하게 생각하고 있어. 직전에 일도 있었고."

"무슨 일이요?"

"담배 피우는 걸 단속하는 경찰한테 침을 뱉고 대들었다가 삼단봉으로 맞았어. 그래서 걔 부모가 경찰을 고소하네 마네 하던 중이었거든."

"진짜요?"

"그런 말썽꾸러기가 하늘에서 뚝 떨어졌겠어? 다 부모 탓이지."

요란스럽게 혀를 찬 경비원이 잠깐 생각하더니 입을 열었다.

"거, 내가 열어줄 테니까 얼른 올라갔다 올 수 있겠어?"

"아이고, 그럼요. 사진만 몇 장 찍고 얼른 내려올게요."

그러자 경비원이 214동으로 가서 목에 걸고 있던 카드로 문을 열어줬다. 고맙다는 말을 남긴 남기준은 얼른 안으로 들어가서 엘리베이터를 탔다.

엘리베이터에서 내려서 비상계단으로 옥상에 올라간 남기준은 묵직한 문을 열고 밖으로 나갔다. 갑자기 불어 닥친 센 바람에 잠시 휘청거렸다. 녹색 방수 페인트가 칠해진 옥상은 넓고 황량했다. 무작정 올라오긴 했는데 어디서 어떻게 찾아야 할지 몰라서 잠시 우두커니 서 있었다. 그러다가 다시 밀려온 찬바람을 얼굴에 맞고 정신을 차렸다. 주머니에서 휴대폰을 꺼내고 일단 난간 쪽으로 다가갔다. 회색 페인트로 칠해진 철제 난간이 모서리를 삥 두르고 있었다. "그러니까 여기서 뛰어내리려면 일단 이걸 넘어야 하네."

마음만 먹으면 넘는 건 문제가 아니었지만 거길 넘어가서 아래로 떨어지는 건 더 많은 용기와 좌절감이 필요할 것 같았다.

한 손으로 난간을 잡은 남기준은 주변을 살펴보면서 천천히 걸었다. 그러면서 시그니처에 대한 갈망이 이글이글 생겨났다. 임승미에게 들은 얘기와 스스로의 경험을 토대로 추측해보면 시그니처는 단순한 흔적이 아니었다.

"처음 봤을 때부터 심상치 않았어."

소름 끼치는 배경과 힘을 가지고 있는 게 분명했다. 그런 생각을 하게 되자 더욱더 시그니처에 탐닉하게 되었다. 꼼꼼하게 살펴보면서 앞으로 나가던 남기준은 걸음을 멈추며 중얼거렸다.

"찾았다."

시그니처는 난간 아래쪽에 그려져 있었다. 처음에는 거의 얼룩처럼 희미해 보였는데 한쪽 무릎을 꿇고 내려다보자 차츰 선명하게 보였다.

"처음 보는 기호인데."

이번에 발견한 시그니처는 목이 없는 몸통이 거꾸로 떨어지는 형태였다. 팔에는 날개가 붙어 있었지만 어쩐지 추락을 막지는 못할 것 같았다. 몸을 구부린 남기준은 휴대폰으로 시그니처를 찍었다. 그런 다음에 몸을 일으켜서 아래를 내려다봤다. 순전히 호기심이었는데 아래를 내려다보는 순간, 어지러움이 찾아왔다. 눈을 몇 번이나 감았다 떠봤지만 쉽게 사라지지 않았다.

"젠장."

어지러움이 사라지자 뛰어내리고 싶다는 생각이 들었다. 차갑고 황홀한 바람을 맞으며 뛰어내리면 인생이 더없이 행복해질 것 같았다.

"그래, 다시 시작해보는 것도 나쁘지 않아."

나는 아무 잘못이 없었지만 인생이 꼬일 대로 꼬이고 말았다. 그러니까 다시 시작해보자는 생각이 어딘가에서 치솟았다. 나쁘지 않다는 생각에 황홀한 만족감이 든 남기준은 난간에 손을 잡고 아래쪽을 더 깊숙이 내려다봤다. 어마어마한 높이 탓인지 지상의 사람과 차들이 너무나 작고 앙증맞게 보였다. 처음에는 무서웠지만 계속 내려다보니까 두려움이 사라졌다. 뛰어내려도 죽지 않을 것 같은 알 수 없는 자신감까지 들자 난간을 쥔 손에 더욱 힘이 들어갔다. 그렇게 두 손을 부들부들 떨면서 몸의 체중을 싣는데 갑자기 전화벨 소리가 들렸다. 휴대폰을 보니 임승미의 이름이 찍혀 있었다. 덕분에 망상에서 벗어난 남기준은 서둘러 전화를 받았다.

"찾았어?"

단도직입적인 그녀의 물음에 잠시 고민하던 남기준이 대답했다.

"응."

"지난번 만났던 루프톱 카페로 와."

그리고는 일방적으로 전화가 끊겼다. 남기준은 잠시 고민했지만 어쨌든 시그니처에 대해서 물어볼 사람이 그녀밖에 없었기 때문에 딴마음을 접었다. 떨리는 손으로 시그니처를 찍은 남기준은 심호흡을 하며 돌아섰다. 엘리베이터를 타고 1층으로 내려온 그는 밖으로 나왔다. 정진현이 있으면 인사라도 하려고 했는데 어디 갔는지 보이지 않았다. 두 손을 주머니에 찔러넣고 임승미와 만났던 아파트 앞 루프톱 카페로 향했다.

지난번 자리에 앉아있던 임승미는 문이 열리는 소리에 고개를 돌렸다. 커피를 주문할까 하다가 아이스 커피 두 잔이 놓여있는 걸 보고는 그대로 자리로 갔다. 창밖을 잠깐 바라보던 임승미가 물었다.

"어떤 시그니처였어?"

남기준은 대답 대신 휴대폰을 꺼내서 옥상에서 찍은 사진을 보여줬다. 테이블에 놓인 휴대폰을 말없이 들여다보던 임승미가 빨대로 커피를 한 모금 마셨다. 그런 임승미에게 남기준이 물었다.

"이건 어떤 시그니처야? 추락을 의미하는 건가?"

"응."

짧게 대답한 그녀가 덧붙였다.

"제법이네."

"이제 나한테도 알려줘."

"뭘?"

"시그니처가 어디서 시작되었고, 어떤 힘을 지녔는지."

"너무 위험해."

임승미의 대답에 남기준이 짜증을 냈다.

"부탁을 들어주면 알려준다고 했잖아."

"너무 급하게 빠져들면 위험해. 차차 알려줄게."

"그런 식으로 말 돌리지 말고, 이제 나도 알아야 할 거 같아. 대체 누가 시그니처를 남겨놓는 거지?"

질문을 받은 임승미가 그를 바라봤다. 무슨 뜻이냐는 표정으로 바라봤다. 커피 잔을 만지작거리던 남기준이 임승미를 쳐다봤다.

"중학생이 떨어진 214동 옥상은 그 동 주민이 아니면 올라갈 수가 없어. 그러니까 외부의 누군가가 시그니처를 남겨놓을 수 없다는 뜻이지."

아까 엘리베이터를 타고 내려오면서 든 생각이었다. 아무나 갈 수 없는 곳에 시그니처가 남아있었던 이유가 무엇인지 의문이 들었다. 남기준의 물음에 임승미는 방금 전처럼 창밖을 바라봤다. 의자의 등받이에 몸을 기댄 남기준이 팔짱을 낀 채 지켜봤다.

"생각을 해봤는데 말이야. 남은 가능성은 뛰어내린 중학생이 자기가 직접 시그니처를 그린 것 밖에는 없어. 그 아이가 어떻게 시그니처를 알고 거기에 그린 거지?"

그러자 임승미가 쓴웃음과 함께 입을 열었다.

"사실은 나도 잘 몰라."

뭔가 알고 있으면서도 모르는 척하는 것 같은 그녀의 태도에 화가 난 남기준은 주먹으로 테이블을 내리쳤다.

"시키는 대로 했잖아. 왜 자꾸 말을 돌리는데?"

"나도 모르는 게 많아서 말이야."

전혀 겁을 먹지 않은 말투로 대답한 그녀가 마른침을 삼켰다. 그리고는 두려운 표정으로 말했다.

"아버지는 시그니처 안에 있는 거 같아."

불현듯 내뱉은 그녀의 말에 남기준이 물었다.

"그 안에 있다고?"

"아버지는 존재 자체가 사라졌어. 감옥 안에서. 그래서 오랫동안 탈옥하거나 혹은 죽어서 묻혔다고 생각했지. 하지만 글자 그대로 증발하셨어. 그때 근무하던 교도관들과 죄수들에게 물어봤지만 다들 대답이 똑같았어. 연기처럼 사라져버렸다고 말이야."

"자신이 그린 시그니처 안으로 들어갔단 말이야? 마치 다른 차원으로 넘어간 것처럼?"

"그것 밖에는 설명할 수 있는 방법이 없어."

그 말에 반응이라도 하는 것처럼 테이블 위에 놓여있던 그녀의 휴대폰이 부르르 떨렸다. 휴대폰을 집어든 그녀가 내용을 확인하고는 나지막하게 중얼거렸다.

"왜 하필 지금이야?"

호기심을 느낀 남기준이 물었다.

"뭔데?"

그러자 임승미가 자신의 휴대폰 화면을 보여주면서 말했다.

"서부 교도소에서 아버지와 제일 가깝게 지냈던 간수야. 지금은 은퇴해서 고향에 내려갔는데 할 얘기가 있으니까 내려오라고 하네. 그동안 엄청 찾아갔을 때는 모른 척하더니 말이야."

"가면 되잖아. 지금이라도 연락온 게 다행 아니야?"

남기준의 얘기를 들은 임승미가 얼굴을 찌푸렸다.

"시위해야지. 자리를 비울 수 없어."

그리고는 남기준을 빤히 쳐다봤다.

"나 대신 가줘."

"내가?"

"가서 무슨 얘기를 하는지 듣고 나한테 알려줘."

"내가 왜?"

남기준의 반문에 임승미가 눈빛을 반짝거리며 대답했다.

"시그니처가 궁금하지 않아?"

"은퇴한 간수가 그걸 알려줄까?"

"내가 말하기 전에 시그니처라는 말을 꺼낸 사람이야."

"먼저?"

이제는 반대로 남기준이 앞으로 몸을 당긴 채 물었고, 임승미가 의자의 등받이에 몸을 기댔다.

"응, 다른 간수나 죄수들은 시그니처라는 단어를 몰랐어. 내가 설명해 준 다음에야 알았는데 이 사람은 내가 말하기 전에 시그니처라는 얘기를 꺼냈어."

"우연의 일치는 아니고?"

남기준의 반문에 임승미가 고개를 저었다.

"아니, 뜻도 정확하게 이해하고 있었어. 그래서 좀 더 캐물으려고 했는데 계속 입을 다물었어."

"그런데 지금 왜 갑자기 시그니처에 대해서 할 얘기가 있다고 하는 거지?"

"모르겠어. 직접 와야 얘기를 해주겠대."

그녀의 얘기를 들은 남기준은 테이블 위에 놓인 휴대폰을 물끄러미 바라봤다. 그리고는 입을 열었다.

"내가 가 볼게."

활짝 웃은 임승미가 말했다.

"가서 무슨 얘기를 하는지 듣고 나한테 알려줘."

"어디로 가야 하는데?"

"옥교."

"어디 있는 건데?"

"정동진 근처야."

다음 날, 아침 일찍 집을 나선 남기준은 전철을 타고 서울역으로 향했다. 그곳에서 월령역으로 가는 열차를 탔다. 그 와중에 집을 나간 아내한테서는 아무런 연락이 없었다. 팔로 턱을 괸 채 창밖을 바라보던 남기준은 휴대폰에 아내의 전화번호를 띄운 다음에 계속 만지작거렸다. 하지만 연락을 하면 불편한 상황이 이어질 것 같아서 결국 포기하고 말았다. 휴대폰을 도로 주머니에 넣은 남기준은 의자의 등받이를 최대한 뒤로 눕힌 채 잠을 청했다. 하지만 눈을 감아도 잠은 오지 않고 시그니처만 떠올랐다. 기호를 그리면 그것에서 나오는 힘을 이용할 수 있다는 생각에 매혹당한 것이다. 눈을 감은 채 세상과 멀어진 남기준은 계속 그 생각을 했다. 두 시간 후, 열차는 월령역에서 멈췄다. 임승미에게서 정동진으로 가달라는 부탁을 받는 순간, 월령을 떠올렸다. 월령에서 정동진은 멀지 않았기 때문에 홍문자교의 흔적을 직접 보기로 한 것이다. 가방을 맨 관광객들과 보따리를 든 주민들이 내린 다음에 남기준은 승강장에 발을 디뎠다. 새로 지은 것 같은 한옥으로 된 역사 앞에는 월령산으로 가는 투어 버스가 서 있었다. 남기준은 택시를 타고 갈 생각이었지만 곧 출발한다는 얘기를 듣고는 요금을 내고 버스에 탔다. 듬성듬성 앉은 승객들을 지나 제일 뒷좌석으로 간 남기준은 창가 자리에 앉았다. 줄무늬 셔츠를 입은 나이 든 관광해설사가 마이크를 잡고 출발한다는 말을 하자 버스가 문을 닫고 서서히 움직였다. 관광해설사는 마이크를 잡은 채 월령의 역사에 대해서 구구절절히 얘기했다.

"이곳이 한때는 구리가 많이 나는 곳이었습니다. 그래서 일제 강점기부터 구리 광산들이 들어섰고, 해방 이후에도 쭉 이어져 왔습니다. 그래서 한때는 인구가 10만이 넘어서 시로 승격한다는 얘기까지 나왔답니다. 하지만 구리 광산들이 문을 닫으면서 인구가 급감하기 시작했죠. 그래서 현재는 절반 이하로 줄어든 상태입니다."

그 이후로 이런저런 이야기가 이어졌지만 남기준은 관심을 두지 않고 창밖을 바라봤다. 야트막한 단층집들 사이로 중간중간 2, 3층짜리 건물들이 보였다. 하지만 중간에 지나친 시장 부근을 제외하고는 사람도 많지 않았고, 오가는 차들도 드물었다. 관광해설사는 월령의 관광지에 대한 설명을 시작했다. 그중 첫 번째로 나온 것이 월령산이었는데 달의 기운을 받은 신통한 산이라는 얘기가 나왔다.

"예로부터 신령한 산으로 이름이 높아서 전국 각지에서 무당들이 몰려왔었답니다. 지금도 산에 가면 전국에서 온 무당들이 굿을 하고 돌아간 흔적들을 종종 볼 수 있지요. 군청에서는 어떻게든 단속을 하려고 합니다만 쉽지 않은 실정이죠."

그러자 앞줄에 앉은 관광객 한 명이 손을 들고 그걸 왜 단속하느냐는 질문을 했다. 그러자 관광해설사가 난감한 표정을 지었다.

"그러니까, 월령산이 달의 기운을 받은 산이라 몸신이 없거나 약한 무당들이 주로 찾아옵니다. 달의 기운을 받기 위해서죠. 하지만 달은 밤중에 뜨기 때문에 어둡고 차가운 기운을 가지고 있습니다. 그래서 무당이 굿을 하면 짧은 순간에 힘을 받지만 반대로 사악한 기운도 함께 받는다고 합니다. 그래서 이곳에 와서 굿을 하고 간 무당 중에 말년이 안 좋은 사람들이 꽤 된답니다. 그리고 그런 굿을 할 때마다 산의 기운이 사나워진다고 해서 인근 주민들이 불안해합니다. 산에 안개가 자주 끼는 것도 기운 때문이라고 보고 있으니까요."

그러면서 자신이 제주도로 관광을 갔을 때 우연찮게 목격한 이야기를 들려줬다. 제주도의 향당 중 영기가 강하다고 알려진 곳에 육지에서 온 무당이 굿을 하고 다시 육지로 돌아갔다는 것이다. 그래서 주민들이 무당들의 출입을 금지시켰는데 한밤중이나 새벽에 몰래 들어가서 굿을 한다는 것이었다. 관광객들이 흥미를 느끼자 관광해설사는 신이 나서 얘기를 이어갔다. 남기준은 월령산에 도착할 때까지 아무 말도 하지 않고 듣기만 했다. 첫 번째 목적지인 월령산에 도착하자 관광객들이 우르르 내렸다. 그들을 따라 내린 남기준은 근처의 꽃밭에서 정신없이 사진을 찍는 관광객들을 지나 산길을 걸었다. 월령산은 그다지 높지 않지만 산세가 험하고 계곡이 많은 곳으로 알려졌다. 다행히, 관광객들을 위해서 나무 데크로 만든 산책로가 만들어져 있어서 산 중턱까지는 쉽게 올라갈 수 있었다. 산책로가 끝나는 지점부터는 야자수 매트가 깔려 있었다. 산책로를 따라 걷던 남기준은 갈림길에서 멈춰섰다. 야자수 매트는 앞쪽으로 쭉 이어져 있고, 왼쪽 길에는 아무것도 없었다. 갈림길에 표지판이 세워져 있었는데 왼쪽은 아무 표시도 없었다. 그곳이 바로 유튜브에서 본 홍문자교의 신당으로 가는 길이었다. 심호흡을 한 남기준은 그 길을 걸었다. 새소리들이 들려오는 가운데 서서히 안개가 끼었다. 안개가 자주 낀다는 관광해설사의 설명을 떠올리며 조심스럽게 발을 디뎠다. 다행히 크게 어려운 코스는 없었고, 10분쯤 걷자 산을 등진 홍문자교의 버려진 신당이 보였다.

"저거구나."

공포 탐정의 유튜브에서 본 것보다 훨씬 상태가 안 좋았다. 사람이 인공적으로 만든 공터의 끝자락에 자리잡고 있는 신당은 한옥으로 만든 2층 높이의 건물이었다. 벽은 분홍색으로 칠해져 있었는데 비바람에 벗겨지고 씻겨나간 부분이 많았다. 유튜브에서 봤을 때는 그래도 전통 기법으로 지었다고 생각했는데 가까이서 살펴보니까 콘크리트로 만들고 페인트로 단청을 칠해놓은 것을 확인할 수 있었다. 공터 주변으로는 조경을 목적으로 심어놓은 것 같은 나무들이 빙 둘러 있었지만 모두 말라 죽은 상태라서 앙상한 가지만 보였다. 정면에는 세 개의 계단과 그 계단에서 바로 연결된 세 개의 문이 보였다. 그중 한 개의 문이 떨어져 나갔는지 보이지 않았다. 남기준은 그곳을 통해 안으로 들어가 보기로 했다. 계단에 발을 디디는데 타이밍 좋게 불어온 바람에 켜켜이 쌓인 낙엽들이 먼지처럼 들썩거렸다. 계단을 올라간 남기준은 신당 안으로 들어가면서 적잖게 놀랐다.

"어?"

밖에서 본 1층과 2층은 트여있었다. 널빤지로 된 바닥은 밟을 때마다 메마른 비명을 냈다. 그리고 회색으로 칠해진 벽에는 온통 시그니처가 그려져 있었다.

그가 5년 전 교도소 독방에서 본 것과 같은 시그니처부터 아파트 단지 곳곳에서 봤던 것과 같은 시그니처들이 그려져 있던 것이다.

"맙소사."

놀란 남기준은 신당의 가운데 서서 주변의 벽을 빙 돌아봤다. 1층은 물론 2층까지 시그니처들로 가득했다. 그걸 보기 위해서

였는지 신당 한가운데에는 방석들이 흩어져 있었다. 대부분은 오래 앉아 있어서 터지거나 심하게 눌린 흔적들이 고스란히 남아있었다.

"예상 밖이네."

사이비 종교로 알고 있어서 교주인 이헌축의 사진이나 홍문자교의 상징 같은 걸로 도배가 되어 있을 줄 알았다. 하지만 그런 건 보이지 않았고 오직 시그니처만 보였다. 그것도 붉은색으로 그려져 있는데 너무나 선명했다. 마치 그것만 세월을 빗겨간 것 같았다. 아니면 그 힘이 세월을 막았는지도 모른다고 남기준은 속으로 중얼거렸다. 가운데 서서 정신없이 돌아보고 있는데 갑자기 귀로 이상한 소리가 들렸다.

"뭐, 뭐야?"

놀라서 두 손으로 귀를 막았지만 소리는 사라지지 않았다. 처음에는 뭔가를 읽는 것 같은 소리였는데 차츰 시간이 지나면서 비명으로 변해버렸다. 견딜 수 없게 된 남기준은 무릎을 꿇고 말았다. 그리고 거의 기다시피 하면서 신당을 빠져나왔다. 마지막 순간, 알 수 없는 힘이 발목을 잡아끄는 것 같아서 필사적으로 뿌리치고 밖으로 기어 나왔다. 계단을 구른 남기준은 바닥에 누워서 한참을 헐떡거렸다. 차츰 진정한 다음에야 시그니처의 존재감을 다시금 깨달았다. 버려진 지 수십 년이 지났음에도 시그니처는 여전히 사람의 마음을 짓누르는 힘을 가지고 있는 셈이다. 임승미가 시그니처에 매혹당할 것이라고 한 얘기의 의미를 깨닫게 되었다.

"지배하거나 혹은 지배당하거나."

식은땀을 흘리며 일어난 남기준은 신당을 바라보다 현기증을 느꼈다. 돌아서서 숨을 고르자 그나마 나아졌다. 더 이상 신당에 들어가기는 싫었지만 주변은 한번 돌아보기로 했다. 공터 주변에는 슬레이트 지붕이 올려진 작은 집과 창고들이 몇 개 보였다. 교주인 이헌축을 비롯한 교인들이 머물거나 물건들을 넣어두는 용도였던 것 같았다. 하지만 대부분 비바람에 지붕이 주저앉거나 날아갔고, 내부는 먼지가 잔뜩 쌓여있었다. 그중, 살림 도구들이 있는 집 하나를 살펴봤다. 살림살이는 거의 없었고, 부엌 구석에 녹슨 곤로가 덩그러니 놓인 게 보였다. 문짝이 떨어져나간 방 안에는 토막 나고 부러진 촛불들이 굴러다녔다.

"전기도 불도 없는 곳에서 버틴 거군."

내부를 살펴보던 남기준은 구석에 뒤집힌 액자를 발견했다.

"뭐지?"

조심스럽게 손을 뻗어서 액자를 집어든 남기준은 이리저리 살펴봤다. 사진이 보이는 유리는 먼지와 흙이 잔뜩 묻어있었다. 입으로 조심스럽게 불어서 살펴보자 낯익은 얼굴이 나왔다.

"이, 이 사람은?"

임승미가 보여준 아버지, 기호 살인마 임동주였다. 그런데 아래쪽에 사인펜으로 적은 글씨가 보였다.

"이헌축 교주님? 임동주가 이헌축이었다고?"

액자를 든 남기준은 아랫 입술을 깨물었다. 임승미가 진실을 얘기해주지 않았다는 사실에 알 수 없는 배신감을 느낀 것이다. 일단 액자를 내려놓고 집을 나온 남기준은 조심스럽게 신당을 바라봤다. 서울을 떠난 이들은 강원도에서도 외진 이곳에 와서 모여 살다가 바스라지듯 사라졌다.

"시그니처 속으로 사라진 건가."

사실, 임승미가 아버지 임동주는 시그니처 속으로 사라졌다고 했을 때 속으로 비웃었다. 하지만 홍문자교를 만들고 시그니처의 힘을 처음 깨달은 이헌축과 동일 인물이라면 얘기가 달라졌다. 거기다 이곳에 와서 실제로 보니까 전혀 불가능한 것은 아니라는 생각이 들었다. 시그니처는 보면 볼수록 빠져들었고, 믿으면 믿을수록 힘이 강해졌다. 그 속에서 불사의 삶을 산다는 것도 전혀 불가능할 것 같지는 않았다. 스산한 바람이 불면서 작은 돌풍이 불었다. 오래된 낙엽들이 작은 원을 그리며 빙빙 도는 가운데 남기준은 발길을 돌렸다. 좁은 산길을 걷는데 자꾸만 돌아가고 싶다는 충동이 들었다. 하지만 그랬다가는 영원히 나오지 못할 것 같아서 마음을 애써 억누르고 발걸음을 재촉했다. 아까의 갈림길까지 온 다음에야 한숨을 돌리게 된 남기준은 월령산을 내려갔다. 타고 온 투어버스는 먼저 출발한 것 같았지만 다른 곳은 돌아볼 생각이 없었던 남기준은 곧장 맞은편 투어버스 정류장으로 걸어갔다. 몇 대의 투어버스가 정해진 코스를 다니는 방식이라 마음대로 타고 내릴 수 있었다. 잠시 후, 한 바퀴 돈 다른 투어버스가 돌아왔고, 남기준 앞에서 멈췄다. 투어버스를 탄 남기준은 창가 자리에 앉았다. 돌아오는 길이라서 그런지 관광해설사는 별다른 설명을 하지 않고 앞자리에 앉아있었다. 월령역 앞에 도착한 투어버스에서 내린 남기준은 곧장 역으로 들어가서 창구로 다가갔다.

"정동진으로 가는 가장 빠른 열차표 부탁드립니다."

"혼자이신가요?"

역무원의 물음에 남기준은 고개를 끄덕거렸다.

"네, 창가 자리로 부탁드립니다."

카드로 계산을 하고 표를 받은 남기준은 잠시 후, 열차가 도착한다는 설명을 듣고 역을 나가서 승강장으로 건너갔다. 아직 오전이라 그런지 승객들은 별로 없었다. 벤치에 우두커니 앉아 있는데 요란한 소리와 함께 무궁화 열차가 들어왔다. 얼마 안 되는 승객들 사이에 낀 남기준도 열차표에 적힌 칸에 탔다. 월령역에서 타는 사람은 적었지만 서울에서부터 온 승객들이 제법 많아서 빈자리는 거의 보이지 않았다. 다행히 뒤쪽에 창가 자리가 하나 비어있어서 그곳에 앉을 수 있었다. 아까처럼 창밖을 바라보면서 생각에 잠겼다. 이제 시그니처에 대해서 얘기해 줄 수 있는 사람과 만나야만 했다. 그가 무슨 얘기를 할지, 그리고 그걸 어떻게 임승미에게 전달해줄지 고민하는 와중에 곧 정동진역에 도착한다는 방송이 나왔다.

드라마 때문에 유명한 관광지가 된 탓에 무궁화 열차에 타고 있던 많은 사람들이 내렸다. 대부분 커플이나 부부였다. 내리자마자 바로 바다가 보이자 다들 소리를 지르며 사진 찍기에 바빴다. 하지만 다른 이유로 이곳에 온 남기준은 그쪽은 보지도 않고 정동진 역을 나갔다. 그리고 역 앞에 늘어선 택시 중에 제일 앞에 있는 빈 택시를 탔다. 뒷좌석에 앉은 남기준은 '어디로 모실까요?'라고 묻는 또래의 택시 기사에게 임승미에게 받은 주소를 말해줬다. 그러자 택시 기사는 의외라는 표정을 지으며 백미러를 바라봤다.

"옥교요? 거긴 외지 사람들이 잘 안 가는 곳인데요."

"만나볼 사람이 있어서요."

짧게 대답한 남기준은 더 이상 대답하기 싫다는 표정을 지으며 창밖을 바라봤다. 택시 기사가 머쓱한 표정을 짓고는 차를 출발했다. 식당과 카페로 가득한 좁은 골목길을 지나자 사당 같은 게 있는 곳에서 갈림길이 나왔다. 오른쪽 길로 접어든 택시는 작은 콘크리트 다리를 지나서 곧게 뻗은 길로 접어들었다. 양쪽에 논과 밭, 그리고 비닐하우스가 있는 전형적인 시골 풍경이었다. 택시가 구불구불한 2차선 도로를 따라 달리는 동안 남기준은 아무 말이 없었다. 아내 생각과 함께 새로 만날 사람에 대한 생각들로 머리가 터질 것같이 복잡했기 때문이다. 10분 정도 달린 택시는 강가로 접어들었다. 자갈이 깔린 강줄기를 따라 뻗은 도로를 달리는데 옥교면이라는 표지판과 화살표가 보였다. 그리고 주유소를 시작으로 도로 양쪽에 건물들이 보였다. 아무것도 없는 시골이라고 생각했는데 의외로 식당도 많았고, 3, 4층짜리 건물들도 곳곳에 보였다. 남기준이 놀란 눈으로 바라보자 핸들을 잡은 택시 기사가 말했다.

"지금은 면이지만 한때는 읍일 정도로 큰 동네였어요. 우시장도 있었고, 시멘트 공장도 있었거든요. 지금은 둘 다 없지만."

택시 기사의 말대로 건물들은 제법 있었지만 오가는 사람들은 적었다. 시장이 보였지만 그쪽도 대부분 셔터를 내린 상태였다. 시장을 지나가자 커다란 웨딩홀이 나왔다. 중세시대 성을 어설프게 흉내 낸 웨딩홀 역시 문을 닫은 지 좀 지난 것 같았다. 하지만 크기가 제법 크고, 주차장도 넓은 편이었다. 눈을 떼지 못하는 남기준의 모습을 백미러로 지켜본 택시 기사가 이번에도 설명을 해줬다.

"제가 어릴 때까지만 해도 장사 잘되던 곳이었어요. 인근에서 결혼하는 사람들은 죄다 여기로 왔으니까요."

"지금은 문을 닫았네요?"

"그럼요. 인구도 줄었고, 누가 요즘 시골에 시집을 오겠습니까? 외국인이라면 모를까."

택시는 문을 닫은 웨딩홀을 지나서 좁은 시멘트 길로 접어들었다. 그러다가 시멘트 도로가 딱 끊기는 지점에서 멈췄다. 차를 세운 택시 기사가 산속으로 접어드는 흙길을 가리켰다.

"저 길 따라 쭉 올라가면 비닐하우스가 나올 겁니다. 그 뒤에 있는 파란색 문이 있는 집입니다. 거기까지는 길이 험해서 차가

못 올라가요."

카드로 계산을 한 남기준은 고맙다는 말을 남기고 차 문을 열고 밖으로 나왔다. 그가 우두커니 흙길을 바라보는 동안 방향을 바꾼 택시는 왔던 길로 돌아갔다. 한숨을 쉰 남기준은 천천히 흙길을 걸어서 올라갔다. 다행히, 산자락을 돌자 비닐하우스가 보였다. 비닐하우스 뒤편에 돌로 된 축대 위에 낡은 단층집이 있었다. 담장은 없고, 그냥 집만 덩그러니 있었는데 선명한 파란색으로 칠해진 현관문이 눈에 띄었다. 비닐하우스에서는 닭 우는 소리가 들렸다. 천천히 걸어서 집 앞에 도착했다. 베란다 유리창은 먼지가 잔뜩 끼어있었고, 여기저기 쓰레기들로 가득했다. 주변을 돌아본 남기준이 중얼거렸다.

"사람이 사는 것 같지 않은데?"

유리창이 너무 지저분해서 안쪽을 살펴볼 수도 없었다. 주머니에서 휴대폰을 꺼낸 그는 유리창 안을 살펴보면서 통화 버튼을 눌렀다. 안쪽에서 벨소리가 들리는 것 같았지만 그 외의 반응은 없었다. 예상치 못한 상황에 살짝 짜증이 난 남기준이 신경질적으로 통화 종료 버튼을 눌렀다.

"젠장."

아랫입술을 질끈 깨문 남기준이 짜증을 내며 돌아서려고 하다가 깜짝 놀랐다. 60대 중반 정도로 보이는 노인이 한쪽 어깨를 구부정하게 기울인 채 남기준을 바라봤다. 손에 든 바가지에는 뜯어온 나물 같은 것들이 담겨 있었다. 놀란 남기준에게 노인이 말했다.

"임승미가 보낸 사람이오?"

남기준은 대답 대신 고개를 끄덕거렸다. 그러자 노인은 발을 질질 끌면서 파란색 현관문 앞으로 가서는 허리춤에 차고 있던 열쇠로 문을 열었다. 그리고는 안으로 들어가면서 말했다.

"들어오슈."

잠깐 멍하게 있던 남기준은 그를 따라 안으로 들어갔다. 집 안에는 오래된 낡은 가죽 소파와 원목으로 만든 낮은 테이블, 그리고 낡은 괘종시계가 보였다. 현관 옆에 있는 커다란 거울에는 대전 교도소 퇴직 기념이라는 글씨가 아래 적혀 있었고, 바로 옆 벽에는 교도관 제복을 입은 채 꽃다발을 들고 있는 노인의 모습이 보였다. 나물이 든 바가지를 부엌 싱크대에 놓은 노인이 거실로 돌아와서는 남기준에게 앉으라는 손짓을 했다. 그리고는 탁한 목소리로 말했다.

"외딴 곳이라 뭐, 따로 대접해드릴 게 없네."

"괜찮습니다. 임승미 씨는 서울에 급한 일이 있어서 제가 대신 왔습니다."

노인이 찌그러진 눈으로 남기준을 바라보며 물었다.

"남편이신가? 아니면 남자친구?"

"그냥 아는 사람입니다."

딱 잘라 말한 남기준의 대답에 노인은 말없이 주머니를 뒤적거려서 꺼낸 담배를 탁자 위에 던졌다. 그중 한 개비를 꺼내서 입에 문 다음에 라이터로 불을 붙였다. 그리고 천장을 향해 한 모금 내뿜은 다음에 남기준을 바라봤다.

"자기 아버지 얘기를 듣겠다고 엄청 따라다녔지. 걔가."

"서부 교도소에 있던 간수와 죄수들을 만나고 다녔다고 하더군요."

"내가 대전 교도소에 있을 때 몇 번이고 찾아왔었지. 아는 걸 말해달라고 하면서 말이야."

"부탁을 거절했다고 들었습니다만."

남기준의 물음에 담배 연기를 한 번 더 내뿜은 노인이 대답했다.

"좋은 기억은 아니니까. 거기다 공무 중에 보고 들은 건 함부로 발설할 수 없잖아."

"이제는 은퇴하시지 않았습니까? 그리고 할 얘기가 있다고 먼저 연락하신 걸로 알고 있습니다만."

핵심을 찌르는 남기준의 얘기에 노인은 잠깐 머쓱한 표정을 지으며 말머리를 돌렸다.

"특이한 사람이었어."

"임동주 말입니까? 사람을 여럿 죽였으니 특이하다면 특이하겠죠."

남기준의 대답을 들은 노인은 코웃음을 쳤다.

"그런 특이함과는 차원이 달랐어. 보통 사형수나 무기수들이 들어오면 대략 두 가지 행동을 해. 하나는 자기가 교도소의 왕인 것처럼 굴어. 어차피 사형을 당하거나 감옥을 나갈 수 없으니까 배 째라는 거지."

"다른 하나는요?"

"무죄를 주장하지."

"뭐라고요?"

어처구니가 없어진 남기준의 물음에 노인은 누런 이를 드러내며 웃었다.

"억울하다고 주장해. 처음에는 그냥 억울하다고 하다가 시간이 지나면 자기 논리를 세우지. 예를 들어 칼을 들고 남의 집에 들어가서 일가족을 죄다 찔러 죽인 놈은 술에 취해서 기억이 안

나는데 정신을 차려보니까 피 묻은 칼이 자기 손에 쥐어져 있다
는 식으로 얘기하지."

"임동주는 달랐다는 뜻입니까?"

"둘 다 아니었어."

"그럼요?"

"말이 없었어. 교도소에 처음 왔을 때도 요구 조건이 하나였
어. 종이와 펜을 달라는 것이었지. 하지만 보안과장이 안 된다고
했어."

"왜요?"

"연필이나 볼펜으로 자살을 하거나 흉기로 쓸 수 있거든. 그
러자 임동주는 다른 죄수에게 돈을 주고 구했지."

"안에서 그런 것을 구할 수 있습니까?"

"교도소 안에서는 여자와 자유 빼고는 다 구할 수 있어. 돈만
있으면 말이야. 그리고 얼마 안 있다가 보안과장이 죽었지."

"갑자기요?"

남기준의 물음에 담배를 손에 쥔 노인은 어깨를 으쓱거렸다.

"그렇다고 볼 수 있지. 평소에 안 올라가던 공장 옥상에 올라
가서 떨어졌으니까."

"자살이었습니까? 아니면."

"공장 옥상 CCTV를 살펴봤는데 뛰어내릴 때 아무도 없었어. 그리고 이후에도 비슷한 일이 계속되었지."

"비슷한 일이요?"

"임동주의 부탁을 들어주지 않거나 조금이라도 괴롭히는 간수나 죄수들은 죽거나 다쳤어. 아주 이상한 방식으로 말이야."

"괴이한 일이군요."

"처음에는 우연의 일치라고 생각했지만 그게 아니라는 게 밝혀지면서 다들 겁에 질렸지. 임동주가 직접 손을 쓴 건 아니라서 처벌을 할 수도 없었고 말이야."

"당사자들로서는 무서운 일이겠지요."

노인은 당시의 기억이 떠올랐는지 얼굴을 찡그리며 대답했다.

"그래서 다른 교도소로 전출을 가거나 아예 사표를 쓰는 경우도 있었지."

"임동주가 어떤 식으로 자신을 괴롭힌 자들을 처리한 겁니까?"

"몰라. 처음에는 다른 죄수들을 사주해서 손을 쓴 줄 알았는데 그것도 아니었어. 죄수들 사이에서도 왕따였거든. 그래서 우리끼리는 초능력을 쓴 거 아니냐는 농담까지 오갔지."

거기서 대화가 잠시 끊겼다. 노인은 말을 너무 많이 했다고 생각했는지 입을 다물었고, 남기준은 노인의 얘기를 곱씹느라 아무 말도 안 했기 때문이다. 불편한 침묵이 이어지자 헛기침을 한 남기준이 물었다.

"그럼, 임동주는 어떤 방식으로 눈에 거슬리는 간수와 죄수들을 처리한 겁니까?"

"시그니처라고 하더군."

시그니처라는 이름을 다른 사람에게서 듣자 가슴에서 이상한 진동이 느껴졌다. 수십 배는 빨라진 심장 박동에 팔다리가 가볍게 떨렸다. 그걸 감추기 위해 팔로 무릎을 꽉 누른 그가 물었다.

"시그니처를 어떻게 아십니까?"

"임동주가 얘기해줬어. 나와 친했거든."

"어떻게 가까워지셨습니까?"

"내가 강원도 월령 출신이니까."

노인의 대답에 남기준은 저도 모르게 중얼거렸다.

"홍문자교?"

"우연찮게 고향 얘기가 나왔지. 그래서 월령이 고향이라고 했더니, 자기도 그곳을 잘 알고 있다고 하면서 친해졌어. 사실, 국민학교 1학년 때 서울로 올라왔지만 말이야."

"그래서 친해진 겁니까?"

"원래 간수와 죄수는 친해지면 안 되지만 가깝게 지내면 해코지를 당하지는 않을 거 같아서 말이야."

"그래서 그가 시그니처 얘기를 해준 겁니까?"

남기준의 물음에 노인은 한 손에 담배를 쥔 채 잠시 눈을 껌뻑거렸다가 입을 열었다.

"놈은 자기가 영원한 삶을 살 거라고 했어."

"어떻게 말입니까?"

"시그니처 안에서."

노인은 임승미가 했던 말과 똑같은 얘기를 했다. 임동주는 홍문자교를 통해 시그니처의 존재를 알고 그걸 통해서 타인을 죽였고, 감옥 안에서도 그걸 이용해서 간수와 죄수들을 죽였다. 그러면서 시그니처 안에서 영원한 삶을 살 수 있다고 믿은 것이다. 기호 안에서 살아간다는 것이 무슨 뜻인지 이해할 수 없었던 남기준은 노인을 바라봤다. 담배를 연달아 피우던 노인을 바라보던 남기준이 물었다.

"임동주는 어떻게 된 겁니까?"

"사라졌지."

"시그니처 안으로 말입니까?"

천천히 고개를 끄덕거린 그가 대답했다.

"그거 밖에는 설명할 길이 없으니까, 아침 점호 시간에 그가 있는 독방을 봤는데 비어 있었어. 지금도 그때 일을 생각하면 정말……."

고개를 절레절레 흔든 노인에게 남기준이 질문을 던졌다.

"정말 감쪽같이 사라진 겁니까?"

"그렇다니까, 탈옥을 한 흔적은 아무리 찾아봐도 없었어. 땅 굴을 파거나 쇠창살이 잘려져 있지 않았으니까."

"간수로 변장해서 탈출할 수도 있지 않습니까?"

"영화에서나 그렇지. 간수들은 서로 얼굴을 다 알아. 거기다 야간 근무자라고 해도 함부로 밖에 나갈 수 없지. 그러니까 그 것도 불가능해."

"그럼에도 불구하고 사라졌군요."

"정말 귀신이 곡할 노릇이지. 간수들이 총동원되어서 뒤져보 고 죄수들도 몇 번이고 면담을 해서 쥐어짜 봤지만 아무것도 안 나왔어. 정말 아무것도."

"진짜로 시그니처 안으로 사라진 겁니까? 옛날 도인이 족자 에 있는 그림 속으로 들어간 것처럼 말입니까?"

남기준의 물음에 노인이 한숨을 내쉬며 절반쯤 태운 담배를 재떨이에 비벼서 껐다.

"지금이야 그렇게 생각하지만 당시에는 입 밖에도 내지 못했어. 농담이라고 여겨질 게 뻔했으니까. 그때부터 수습할 때까지 몇 달이 걸렸는데 너무 힘들었지."

"유가족들에게는 어떻게 둘러댄 겁니까?"

그 얘기를 들은 노인이 갑자기 남기준을 똑바로 쳐다봤다.

"지금 뭐라고 했나?"

"유가족들을 어떻게 구워삶은 건지 궁금해서요."

임승미의 얼굴을 떠올리며 질문을 한 남기준에게 노인이 대답했다.

"임동주에게는 가족이 없었어."

예상 밖의 대답에 놀란 남기준이 떨리는 목소리로 물었다.

"가족이 없다고요?"

"그래. 부모는 임동주가 감옥에 있을 때 모두 돌아가셨어."

남기준은 임승미와 함께 아파트 앞에서 시위를 하던 임동주의 어머니를 떠올리며 입을 열었다.

"그게 사실입니까?"

"그때 귀휴를 보내느니 마느니 말들이 많아서 기억하지. 아버지는 90년, 어머니는 92년."

"부인과 자식들은요?"

노인은 남기준의 물음에 얼굴을 찡그렸다.

"정말 몰라? 임동주가 체포되고 부인이 아들을 데리고 아파트에서 뛰어내렸어."

"뭐라고요?"

"동반자살을 한 거야. 주민들에게 손가락질을 받고, 남편이 살인자라는 사실에 충격을 받은 거지."

혀를 찬 노인의 모습을 본 남기준은 극심한 혼란을 느꼈다.

"딸은 없었습니까?"

"같이 죽은 아들 하나 밖에 없었어. 내가 알기로는."

연거푸 충격을 받은 남기준은 애써 태연한 척했다. 임승미가 자신을 속였다는 사실은 나중에 추궁해도 되지만 노인에게서는 필요한 정보들을 얻어내야만 했기 때문이다. 충격을 씹어 삼킨 남기준이 물었다.

"하실 얘기가 있다고 들었습니다만."

"아, 나는 직접 내려올 줄 알았는데 말이야. 어쨌든 자네도 시그니처에 대해서 알고 있다고?"

"네. 우연찮게 접했습니다."

"사실은 말이야. 무덤까지 가지고 가고 싶은 얘기가 있었어."

노인의 얘기를 들은 남기준은 최대한 침착한 표정을 지으며 물었다.

"어떤 얘깁니까?"

"그게 말이야. 느지막하게 생긴 자식 놈이 하나 있는데 얼마 전에 사고를 쳤지 뭐야?"

전혀 엉뚱한 얘기였지만 남기준은 무슨 뜻인지 금방 알아차렸다.

"돈이 필요하시군요."

"상대방이 합의를 해 줄 테니까 돈을 내놓으라고 하더라고. 그래도 자식이 빨간 줄 긋는 건 피해야지."

"얼마나 필요하신데요?"

"한 오천?"

처음에는 일단 돌아가서 가급적 빨리 구해주겠다는 대답을 할 생각이었다. 하지만 노인이 임승미에게 전화를 해서 얘기한다면 그녀가 나를 제치고 돈을 보내줄 수 있었다. 어떤 이야기인지는 모르겠지만 일단 먼저 들어보기로 했다. 문제는 지금 당장 노인의 입을 열게 할 돈이었다. 아까 아내에게 전화를 할 때는 몹시 주저했지만 이번에는 곧바로 결정을 내렸다. 소파에서 일어난 남기준이 자신을 올려다보는 노인에게 말했다.

"계좌번호 알려주십시오."

"오늘 주게?"

"다는 모르겠지만 해보겠습니다."

"알겠네."

의자에서 일어난 노인이 안방 문을 열고 들어가서는 농협 통장을 가지고 나왔다. 통장을 펼쳐서 안에 있는 계좌번호를 확인한 남기준은 곧장 일어났다.

"30분만 기다리십시오."

통장을 들고 파란색 현관문을 열고 나온 남기준은 신발을 신으면서 어디론가 전화를 걸었다.

- 어, 선배.

전화를 받은 후배의 목소리는 가볍게 떨렸다. 남기준은 그러거나 말거나 단숨에 용건을 얘기했다.

- 야, 나 돈 필요해. 좀 보내줘.

- 네? 갑자기 뜬금없이?

- 오천만 원, 계좌번호 찍어줄 테니까 빨리 보내. 30분 안에.

- 서, 선배. 제가 그렇게 큰돈이 있을 리가 없잖아요.

- 너, 내년에 장가간다고 돈 모아놓은 거 다 알아.

남기준의 얘기에 후배가 처음으로 목소리를 높였다.

- 저한테 돈을 맡겨놓은 것도 아니고, 다짜고짜 돈을 달라고 하시면 어떡해요?

- 내가 사표 안 썼으면 네가 잘릴 순서였다는 거 몰라?

- 아, 알죠. 그래서 미안하고 고맙다고 항상 말씀드리잖아요.

- 말로만 하지 말고 돈 필요하니까 내놔.

후배는 딱 잘라서 거절했다.

- 싫습니다. 오백도 아니고 오천을 오늘 당장 내놓으라고 하면 어떻게 드려요?

- 그래, 싫다 이거지?

- 싫습니다. 오백만 원 정도는 빌려드릴 수 있습니다.

- 새끼, 간이 배 밖으로 나왔구나. 거래처에서 삥 뜯을 때처럼 말이야.

- 선배, 전 막내라서 시키는 대로 했을 뿐이라고요.

- 웃기고 있네.

피식 웃은 남기준이 휴대폰을 바꿔잡으며 말했다.

- 너, 우리들 몰래 업체 가서 접대받고 뒷돈 챙긴 걸 모를 줄 알아?

- 네?

- 야, 이 바보야. 거래처들이 너를 예뻐해서 그랬겠냐? 다 보험 든 거지. 실시간으로 나한테 다 알려줬어. 그러니까 거짓말하지 마.

- 그, 그게 아니라.

당황한 후배가 말을 더듬자 남기준은 코웃음을 쳤다.

- 하도 빨빨거리고 돌아다녀서 별명이 하이에나였으면서 선배들이 시키는 대로 해? 내가 호구로 보이냐?

- 마, 말도 안 됩니다. 그런 적 없어요.

- 나한테 거래처에서 받은 녹취록하고 영상들이 있거든. 이거 들고 감사팀 찾아가면 퇴직금은 둘째 치고 쇠고랑 찰 걸. 감방에서 결혼식 할래?

- 서, 선배.

- 새끼가 모른 척해주니까 내가 아무것도 모를 줄 알았어? 그냥 덮고 가려고 한 거지. 그래, 내가 오늘 감사팀에 바로 전화해서 만날게. 자료 들고 말이야.

- 자, 잘못했어요. 선배.

거의 울상이 된 후배의 목소리를 들은 남기준이 고개를 절레절레 저었다.

- 됐어. 선배들이 확 터트리고 나가라고 한 걸 참았는데 이런 식으로 뒤통수를 쳐?

- 도, 돈 드릴게요. 오늘 당장 드릴 테니까 이제 앞으로 전화하지 마세요. 네?

- 지금 보낼 거야?

- 오천만 원은 없고요. 제가 3천5백까지는 해드릴게요.

- 지금 나랑 거래하자는 거야?

- 진짜 돈이 없어요. 좋아요. 4천, 4천까지 드릴게요. 대신, 이게 마지막입니다. 선배.

- 좋아. 계좌번호는 카톡으로 보낼게.

통화를 끝낸 남기준은 노인의 계좌번호를 알려주려고 하다가 잠깐 고민했다. 별거 아닌데 괜히 부풀려서 얘기한 것일 수 있었기 때문이다. 그래서 직접 쓰는 은행과 계좌번호를 알려줬다. 그리고 바로 들어가기 애매해서 동네를 한 바퀴 돌아보기로 했다. 동네라고는 하지만 노인이 사는 곳 빼고는 모두 빈집이었다. 슬레이트 지붕이 주저앉은 곳도 보였다. 비닐하우스도 노인의 집 앞에 있는 한 곳을 제외하고는 모두 구멍이 숭숭 뚫리고 먼지를 잔뜩 뒤집어쓴 채 버려져 있었다. 노인 소유의 비닐하우스 안에는 닭장들이 보였다. 모래를 파헤치던 닭들이 인기척을 느끼고는 일제히 고개를 돌렸다. 닭들의 시선에 부담을 느낀 남기준은 집 뒤로 빙 돌아갔다. 바람이 불면서 메마른 흙들이 쓸려왔다. 잡초들이 엉성하게 자란 언덕 너머에는 창고 하나가 버려져 있었다. 그렇게 30분쯤 돌아다니는데 후배의 카톡이 왔다.

돈 보냈고, 앞으로 연락하지 말라는 내용이었다. 답을 하려다가 그냥 포기한 남기준은 휴대폰을 들고 노인이 기다리는 집으로 돌아갔다. 현관문을 열고 들어서자 소파에 앉아서 담배를 피우던 노인이 고개를 돌렸다. 문을 닫은 남기준이 노인에게 말했다.

"사천 확보했습니다."

"오천이 필요한데."

심드렁하게 대꾸한 노인에게 남기준이 대답했다.

"사천, 오천이 하루만에 쉽게 생길 수 있는 돈은 아니죠."

노인의 맞은편에 앉은 남기준이 아까 받은 농협 통장을 테이블 위에 던져놓으며 말했다.

"제 통장에 있습니다. 얘기를 들려주시고 나면 입금해드리죠."

"얘기를 먼저 듣고 돈을 주겠다고? 나를 뭘로 보고."

노인이 입술을 실룩거리며 화를 냈다. 잠깐 무서웠지만 꾹 참고 밀어붙이기로 했다.

"한두 푼도 아니고 사천만 원이나 되는데 얘기도 안 들어보고 드릴 수는 없잖아요. 얘기해주시고 저랑 같이 읍내로 가시죠. 은행에 가서 5분 안에 이체해드리겠습니다."

얘기를 마친 남기준은 두 손으로 깍지를 낀 채 노인을 바라봤다. 불만스러운 표정을 지으며 담배를 뻑뻑 피우던 노인이 헛기

침을 하며 일어났다.

"따라오게."

"어디로요?"

"비닐하우스. 거기에서 보여줄 게 있어."

뒷짐을 진 노인이 현관으로 가서 신발을 신고 문을 열었다. 깍지 낀 손을 푼 남기준도 그 뒤를 따랐다. 노인은 빠른 걸음으로 비닐하우스로 향했다. 안으로 들어간 그의 뒤를 따라 비닐하우스로 들어선 남기준은 닭똥 냄새에 얼굴을 찡그렸다. 하지만 노인은 닭장들을 지나쳐 안쪽으로 들어갔다. 파란색 비닐들이 접혀 있었고, 삽과 곡괭이 같은 도구들이 먼지를 뒤집어쓴 채 쌓여 있었다. 그곳으로 걸어간 노인은 파란색 비닐을 뒤적거렸다. 몇 발자국 떨어진 곳에서 지켜보던 남기준은 뭘 찾나 싶었지만 일단 지켜보기로 했다. 몇 번 뒤적거리던 노인이 손으로 눈을 비비면서 말했다.

"아이, 눈에 뭐가 들어갔네. 저기 가서 저것 좀 들춰봐."

"뭘요?"

"아, 파란색 비닐, 그 아래 앨범을 보관해놨어."

앨범이라는 말을 들은 남기준은 눈을 비비며 옆으로 물러난 노인을 지나쳐서 파란색 비닐 앞에 섰다. 그리고 두 손으로 비닐을 걷어냈는데 흐늘흐늘해서 그런지 쉽사리 치워지지 않았다. 첫 번째로 들어 올리려다가 실패한 남기준은 제대로 자세를 잡고 비닐을 치웠다. 하지만 비닐은 제대로 움직이지 않았는데 아래쪽을 바라보던 남기준은 비닐 모서리에 붙어있는 끈이 바닥에 못으로 고정된 걸 봤다. 그러니까 애초부터 들춰내기 어려운 상태였다. 짜증이 난 남기준은 자신에게 헛수고를 시킨 노인에게 항의하기 위해 돌아봤다.

"어!"

눈을 비비며 물러나 있던 노인은 어느 샌가 곡괭이를 치켜들고 남기준을 내리치려고 하는 중이었다. 놀란 남기준이 황급히 옆으로 몸을 피하자 정확하게 머리가 있던 곳에 곡괭이가 푹 찍혔다.

"무슨 짓입니까!"

놀란 남기준이 소리를 쳤지만 노인은 성큼성큼 다가와서 곡괭이를 휘둘렀다. 이번에도 머리를 노리고 휘둘러진 곡괭이를 아슬아슬하게 피했는데 애꿎은 닭장이 박살나면서 안에 있던 닭들이 놀라서 사방으로 흩어졌다. 내리치는데 실패한 노인은 곡괭이를 짧게 잡고 좌우로 휘둘렀다.

"뭐야! 그만해요!"

하지만 노인은 멈추지 않고 곡괭이를 계속 휘둘러댔다. 결국 팔꿈치에 한 대 맞고는 비명을 지르고 말았다.

"으악!"

그러면서 점점 구석으로 몰렸는데 그러다가 비닐하우스의 벽과 등이 닿았다. 옆으로 피하려다가 노인이 뻗은 곡괭이에 아랫배를 맞고 비틀거리고 말았다. 하지만 용케 비닐하우스의 벽과 닭장 사이의 공간을 찾아서 숨어들었다. 노인은 괴성을 지르며 닭장을 곡괭이로 내리찍었다. 하지만 그가 숨어든 곳까지는 미치지 못했다. 한숨 돌린 남기준은 입구까지 도망치기 위해 좁은 틈을 엉금엉금 기었다. 하지만 노인이 곡괭이질 대신 닭장을 집어서 던져버리는 바람에 계획은 물거품이 되고 말았다. 하지만 닭장을 치우느라 노인은 곡괭이를 내려놓은 상태였다. 그걸 본 남기준은 두 손을 앞으로 내민 채 노인에게 덤벼들었다. 하지만 노인의 완력은 어마어마했다. 멱살을 잡기도 전에 팔을 잡혀서 그대로 내동댕이쳐지고 말았다. 바닥에 쓰러진 남기준은 노인이 다시 곡괭이를 들고 내리치려는 걸 보고는 황급히 몸을 굴렸다. 곡괭이는 한쪽 날이 거의 땅속에 파묻힐 정도로 깊이 박혔다. 남기준은 겨우 일어났지만 비닐 조각이 발에 걸리는 바람에 비틀거리고 말았다. 그 틈을 타서 노인이 남기준의 멱살을 잡고 곡괭이가 박힌 곳으로 끌고 갔다. 그리고 상체를 눌렀다.

"어, 이러지 말아요."

이러다 뒤통수가 곡괭이에 박힐까 봐 겁이 난 남기준이 필사적으로 버텨보려고 했지만 이를 악물고 누르는 노인의 힘에 조금씩 몸이 뒤로 기울어졌다. 그러면서 광기에 찬 노인의 눈을 가까이서 볼 수 있었다. 남기준은 씨근덕거리며 자신을 밀어붙이는 노인에게 말했다.

"도, 돈 드릴게요! 제발 그만하세요."

하지만 노인은 개의치 않고 남기준을 찍어눌렀다. 이제 조금만 더 눌리면 균형을 잃고 땅에 박힌 곡괭이 위로 넘어질 것 같았다. 그때 닭장이 부서지면서 빠져나온 닭 한 마리가 날아들면서 노인의 얼굴을 발톱으로 할퀴었다. 갑작스러운 닭의 공격에 놀란 노인이 주춤하는 사이, 남기준은 몸을 옆으로 살짝 뺐다. 그리고 노인의 발을 걸어서 넘어뜨렸다. 버둥거리던 노인은 그대로 쓰러졌는데 하필이면 땅에 박힌 곡괭이 위로 떨어졌다. 퍼석하는 소리와 함께 노인의 가슴으로 피 묻은 곡괭이 날이 튀어나왔다. 가슴이 꿰뚫린 노인은 부들부들 떨면서 소리를 지르다가 축 늘어졌다. 쓰러진 노인 위로 닭들이 어지럽게 날았다. 몇 마리의 닭들은 입구를 빠져나와 뒤뚱거리며 사라졌다. 입구까지 간신히 기어간 남기준은 숨을 헐떡거리며 중얼거렸다.

"어, 어떻게 된 거지?"

누가 신고했는지 알 수 없었지만 얼마 후에 경찰차가 도착했다. 차에서 내린 경찰들은 비닐하우스 입구에 멍하게 주저앉아 있는 남기준을 보고는 뭔가 심상치 않은 걸 느꼈는지 후다닥 달려왔다. 그리고 곡괭이에 가슴이 찔린 채 쓰러져있는 노인을 보고는 뒷걸음질 쳤다. 그런 경찰들의 모습에 남기준은 손사래를 치면서 말했다.

"내가 죽인 거 아닙니다. 그냥 저 위로 넘어진 거예요."

하지만 경찰들은 가만있으라는 얘기만 하고는 다가오지 않았다. 일이 굉장히 어렵게 꼬일 수도 있다는 생각에 가만히 한숨을 쉬었다. 그때, 눅눅하고 끈적거리는 바람이 비닐하우스의 입구 쪽으로 불어오면서 곡괭이에 꿰뚫린 채 쓰러져 있는 노인의 상의가 들썩거렸다. 무심코 그쪽을 바라본 남기준은 펄럭거리는 옷자락 아래 드러난 노인의 상체를 봤다.

"시그니처?"

쓰러진 노인의 상체는 온통 시그니처 투성이었다. 5년 전, 그가 독방에서 본 것과 이후, 아파트와 오는 길에 들린 월령산의 신당에서 본 것들로 가득했다. 그걸 본 남기준은 깨달았다. 노인 역시 시그니처에 매혹되었거나 혹은 지배당한 상태라는 것을 말이다.

'옥상에 시그니처를 그리고 뛰어내린 중학생처럼 말이야.'

그때 무전기로 얘기를 나눈 경찰이 동료에게 외쳤다.

"CCTV!"

그러자 다른 경찰이 물었다.

"네?"

"입구 오른쪽에 안쪽을 찍는 CCTV가 있다고 했어. 얼른 가서 떼어 와."

경찰은 남기준을 자신이 감시하겠다는 나머지 말은 하지 않았지만 여차하면 테이저 건을 쏠 자세를 취하고 있었다. 동료 경찰의 채근을 받은 경찰이 비닐하우스 안으로 들어가서 외쳤다.

"찾았습니다. 찾았어요."

그때, 멀리서 구급차 사이렌 소리가 들렸다. 비닐하우스 안쪽의 모습을 담은 CCTV가 있다면 자신의 무죄가 밝혀질 것이라는 생각에 안도의 한숨을 쉰 남기준은 바닥에 누운 채 두 손으로 얼굴을 감쌌다. 언덕길을 올라온 구급차가 급정거를 하는 소리가 남기준의 귀에 들렸다. 힘없이 눈을 감은 남기준에게 다가

온 구급대원이 빠르게 몸 상태를 살펴보고는 들것에 실어서 구급차에 태웠다.

다음 날, 서울역에 도착한 남기준은 꺼놨던 휴대폰을 켰다. 홍보용 메시지와 카톡들이 차례로 뜨고, 임승미에게 온 메시지가 보였다. 연락을 달라는 짤막한 내용이 있었고, 부재중 전화가 두 번 찍혀있었다. 부러진 새끼손가락에 붕대를 감은 탓에 휴대폰을 쥐는 것조차 힘들었다. 그나마 CCTV 덕분에 누명을 쓰지는 않았다. 거기에 노인이 곡괭이로 남기준의 뒤통수를 내리찍으려는 모습과 계속 공격하는 모습이 찍혀 있었기 때문이다. 영상을 확인한 경찰은 노인이 왜 죽이려고 했는지 물었다. 남기준은 자기는 부탁을 받고 노인을 만났던 것뿐이라는 얘기를 했다. 틀린 얘기도 아니었기 때문에 자연스럽게 얘기할 수 있었다. 영상이 있었고, 온몸이 상처투성이라 용의선상에서는 벗어나서 치료만 받고 풀려났다. 하지만 그와는 별개로 의문점들은 커다란 상처처럼 남았다. 노인의 몸은 시그니처로 가득했다. 그리고 돈을 받을 수 있었음에도 불구하고 남기준을 죽이려고 시도했다.

"어제 처음 만난 거잖아."

아무런 원한도 없고, 인연도 없었다. 연결고리는 오직 하나, 시그니처뿐이었다. 남기준이 시그니처에 대해서 알고 있는 걸 확인하고는 죽이려고 들었던 것이다.

"돈을 달라고 한 게 미끼였어."

오천만 원이라는 거금을 선뜻 내겠다고 한 걸 보고 살인을 결심한 것 같았다. 얼마나 시그니처에 대해서 알고 싶어 하는지를 테스트하기 위해서 미끼를 던진 셈이었다. 사건을 맡은 담당 형사는 시그니처에 대해서 전혀 모르는 눈치라서 입을 다물었다. 다행히 형사도 노인이 왜 죽이려고 했는지, 그리고 원래부터 알고 있는 사이였는지를 집중적으로 캐물었을 뿐이다.

열차를 타려고 발걸음을 재촉하는 사람들 사이에서 우두커니 서서 생각에 잠겨있던 남기준은 방금 켠 휴대폰으로 임승미에게 카톡을 보냈다. 지난번 그 루프톱 카페에서 보자는 내용에 금방 'OO'라는 답이 달렸다. 그리고 엘리베이터를 타고 올라가는데 오종세에게 카톡이 왔다. 회사에서 원인 모를 화재가 발생해서 큰 손실이 났다는 것이다. 사장은 불을 끄려고 하다가 화상을 입어서 병원에 입원해 수습을 할 사람도 없다는 내용이었다. 이제 자리가 잡히나 싶었는데 무슨 날벼락인지 모르겠다는 것으로 마무리되었다. 남기준은 '힘내'라는 짧은 답글을 달고는 중얼거렸다.

"이게 시그니처로군."

매혹될 수 밖에 없다고 되뇌이면서 발걸음을 옮겼다. 지하철을 타고 동네에 도착한 남기준은 루프톱 카페가 있는 건물로 향했다. 때마침 1층에 도착한 엘리베이터를 탔다. 어떤 방식을 쓸지 고민하면서 엘리베이터에서 내린 남기준은 곧장 카페로 들어갔다. 카페 주인 여자가 책을 읽다가 눈을 마주쳤다. 이번에는 임승미가 먼저 오지 않았다. 커피 두 잔을 시키고 계산을 한 후에 늘 앉던 창가 자리에 앉자 에코백을 맨 임승미가 문을 열고 들어오는 게 보였다. 주문을 하러 갔다가 먼저 주문을 했다는 걸 알고는 주인 여자가 건네준 커피를 쟁반에 올린 채 가져왔다. 얼굴과 손등에 상처가 있는 걸 본 임승미가 살짝 미안한 표정을 지었다.

"괜찮아?"

"안 괜찮아. 닭이 아니었으면 난 지금쯤 비닐하우스 안에서 거름이 되었을 거라고."

"어떻게 된 거야?"

임승미가 가져온 커피를 한 모금 마신 남기준이 대답했다.

"그건 내가 물어봐야 할 질문 아닌가?"

임승미가 아무 말도 하지 못한 채 창밖을 바라봤다. 커피 잔을 테이블에 내려놓은 남기준이 날카롭게 노려보며 말했다.

"너를 대신해서 만나러 간 사람이 나를 죽이려고 했어. 비닐하우스로 유인해서 말이야.'"

"전혀 몰랐어."

"진짜? 시그니처에 대해서 아는 걸 확인하고는 죽이려고 들었어."

"시그니처를 알면 독점하려는 욕망이 생기긴 해."

"심지어 온몸에 시그니처를 문신처럼 그려놨었어."

남기준의 얘기를 들은 임승미가 흥미롭다는 표정을 지었다.

"그런데 안 죽었네?"

"뭐라고?"

"시그니처를 몸에 새길 정도라면 분명 그 힘을 충분히 가지고 있다는 얘기야. 그런데 그런 사람을 이겼잖아."

"이긴 게 아니라 엎치락뒤치락하다가 노인이 곡괭이 위로 넘어지면서 그렇게 된 거라고."

임승미는 고개를 저으며 말했다.

"시그니처의 세계에서 우연이라는 건 없어."

"어쨌든 그 미친 노인네가 왜 나를 죽이려고 한 거야?"

"정말 모른다고! 예전에 내가 만났을 때는 아무런 문제없었어."

"그런데 왜 나를 죽이려고 한 거지? 그것도 요구한 돈을 주겠다고 했는데도 말이야."

임승미는 대답 대신 계속 창밖을 바라보기만 했다. 그런 임승미를 노려보던 남기준이 말했다.

"CCTV가 없었으면 꼼짝없이 살인자로 몰릴 뻔했어."

"다행이네."

"경찰이 왜 노인을 만나러 갔느냐고 물어서 네 부탁을 받고 갔다고 했어."

"나한테도 경찰이 찾아왔었어."

"빠르네."

남기준의 얘기에 임승미가 어깨를 으쓱거렸다.

"담당 형사에게 연락을 받았다고 하더라. 같은 여자라며 이것 저것 물어봐서 대충 둘러댔어. 혹시 시그니처 얘기했어?"

그녀의 물음에 남기준이 고개를 저었다.

"안 했어. 어차피 알아듣지도 못하겠지만."

"나도 적당히 둘러댔어."

남기준은 커피 잔을 든 채 짧게 대답한 임승미를 바라봤다.

"노인이 재미난 얘기를 해줬어."

"어떤?"

"임동주가 사라지고 수습할 때 가족들이 없어서 쉬웠다고 말이야."

임승미가 처음으로 충격을 받은 표정을 지었다. 커피 잔을 내려놓은 남기준은 그런 임승미를 노려봤다.

"딸은 아예 없었다고 했어. 왜 나한테 거짓말을 한 거지?"

임승미는 어깨를 으쓱거리며 말했다.

"네가 그걸로 손해 본 건 없잖아."

"죽을 뻔했는데 손해 본 게 없다고? 경찰이 조사할 때 알고 있는 거 다 털어놓을까? 생판 얼굴도 모르는 살인범의 가족 흉내를 내면서 시위를 벌였다고 말이야."

"자식이 아니라는 건 이미 경찰한테 얘기했어."

"뭐라고 둘러댄 거지?"

"인터넷에서 사연을 듣고 화가 나서 시위를 주도한 거라고 말이야."

"가짜 가족들까지 동원한 이유는 뭐라고 할 건데? 연기 진짜 잘 하던데."

남기준의 얘기에 임승미는 입을 꾹 다문 채 시선을 외면했다.

남기준은 그런 임승미를 보고는 자리에서 일어났다. 임동주가 이현축과 동일 인물이라는 사실에 대해서도 캐물으려고 했지만 쉽사리 입을 열지는 않을 것 같았기 때문이다. 나가려는 그에게 임승미가 불쑥 말했다.

"시그니처를 본 사람의 운명은 두 갈래로 나뉘어."

"뭘로?"

도로 자리에 앉은 그의 물음에 임승미가 고개를 돌렸다.

"지배당하거나 매혹되거나."

"어떻게 되는 건데?"

남기준의 물음에 임승미는 살짝 입술을 비틀며 웃었다.

"매혹당하게 되면 집착하게 되어 있어. 그래서 무슨 수를 써서라도 시그니처의 비밀을 풀려고 하고, 그 힘을 얻으려고 하지."

"너처럼?"

임승미는 대답 대신 살짝 서글픈 표정을 지었다. 남기준은 그런 임승미에게 재차 물었다.

"지배당하는 건?"

"시그니처의 힘을 이기지 못하게 되면 지배당해. 시그니처의 뜻대로 움직이는 거지."

남기준은 대번에 뜻을 알아차렸다.

"아파트 옥상에서 떨어진 그 중학생처럼?"

"누군가 폐쇄된 옥상에 올라가서 시그니처를 남긴 게 아니라면 자살한 중학생이 직접 그리는 수밖에는 없어."

"우리집 베란다에서도 보였어."

"네가 그런 건 아니고?"

남기준이 아니라고 대답하자 임승미가 미묘한 표정을 지었다.

"누군가 먼저 다니면서 그려놓았을 수도 있겠네."

"처음에는 보였는데 그다음에는 사라졌어. 그럴 수도 있어?"

남기준의 물음에 임승미가 대답했다.

"그런 적은 없지만 시그니처는 무엇이든 가능하게 만드는 힘이 있으니까, 어쩌면 징조일지 몰라."

"징조?"

"시그니처가 너를 선택했다는."

임승미의 얘기를 들은 남기준은 가슴이 설렜다.

"나를 왜?"

"모르지. 확실한 건 보통 사람들은 시그니처의 힘을 견디지 못한다는 거야. 나나 너는 그게 가능한 사람이고."

확신에 찬 그녀의 말에 남기준은 문득 궁금해졌다.

"아파트 단지에 시그니처를 그리고 다니는 사람도 우리와 같이 선택받았다고 생각한 걸까?"

"힘을 쓰고 싶거나 테스트하고 싶어 한 거 같아."

"시그니처를 그런 식으로 쓰면 힘이 세지는 거야?"

남기준의 물음에 임승미가 카페의 창밖을 바라봤다.

"확실히 힘이 강해지긴 해."

"직접 경험해봤어?"

임승미는 고개를 끄덕거렸다.

"고등학교 다닐 때 나를 괴롭히던 남자애가 사는 집 대문에 시그니처를 그린 적이 있었어. 며칠 후에 남자애가 계단에서 넘어지는 바람에 다리가 부러졌어. 병문안을 가서 깁스한 다리에 시그니처를 다시 그렸지. 그랬더니."

눈빛을 반짝거린 그녀가 대답했다.

"다리가 괴사해서 잘라내버렸어. 그게 내가 시그니처에 매혹된 순간이었지."

얘기를 마치고 뜻 모를 미소를 지은 임승미가 남기준에게 말했다.

"아파트 단지에 시그니처를 그리고 다닌 게 누군지는 모르겠지만 아마 힘을 키우려고 그런 것 같아. 여긴 임동주가 사라진 곳이라 특별한 힘이 있을 거라고 생각했겠지."

"214동 옥상에서 떨어진 중학생은? 거긴 아무나 못 올라가."

"거긴 스스로 그랬을 거야."

옥상에 올라가서 시그니처를 봤을 때의 오싹한 느낌을 떠올린 남기준이 입을 열었다.

"그리고 나서 견디지 못한 거군. 그 중학생이 말이야."

"아마도, 아파트에 시그니처를 그리고 다니는 사람도 거기까지는 올라가지 못했겠지."

"그 전에 벌어진 층간 소음이야 다른 핑계를 대고 들어갈 수 있지만 말이야."

임승미는 동의한다는 듯 고개를 끄덕거렸다. 호기심이 생긴 남기준이 물었다.

"그래서 이곳에 온 거군."

"맞아. 유튜브에서 이 아파트에서 이상한 일이 벌어지고 있다고 해서 찾아온 거지. 그런데 누군가 주기적으로 시그니처를 그리는 걸 확인했어."

"그래서 그자를 찾으려고 한 거야?"

"사실은 그 사람이 임동주일지도 모른다는 생각이 들었어. 그래서 업체를 통해서 가짜로 가족들을 고용해서 시위를 한 거지."

"만약, 이 아파트에 시그니처를 그린 게 임동주라면 찾아올 거라고 생각한 거지?"

"응, 그런데 찾아오지 않는 걸 보면 임동주는 아닌 것 같아."

임승미의 얘기를 들으면서 남기준은 그녀가 임동주와 이헌 축이 동일 인물이라는 것을 모르고 있다는 사실을 눈치챘다. 만약 알고 있었다면 임동주의 사진을 먼저 보여주지는 않았을 것이기 때문이다. 커피를 한 모금 마시고는 다른 의문점에 대해서 물었다.

"어떤 사람이 지배당하고 어떤 사람이 매혹당하지?"

"보통 사람은 대부분 지배당해. 매혹당하는 사람은 결핍되거나 피해의식을 가지고 있거나 절망감을 가진 사람들이고."

"나처럼?"

남기준의 대답에 임승미는 마치 거울처럼 대답했다.

"나처럼 말이야. 시그니처로 학창 시절에 나를 괴롭히던 아이들에게 한 명씩 복수를 했어. 그러면서 시그니처에 빠져들었지."

"그럼 노인도 시그니처에 매혹되었겠군."

"아마도. 그래서 나한테 얘기해주지 않았던 것 같아."

"그러다가 아예 불러서 제거할 생각이었겠군. 그런데 내가 대신 가서 죽을 뻔했고."

남기준의 얘기에 임승미는 고개를 끄덕거렸다.

"그런 짓을 저지를 줄은 몰랐어."

"처음에 돈을 요구했는데 그게 목적도 아니었어."

"시그니처에 매혹되면 다른 건 하찮아 보이니까."

"노인은 임동주와 고향이 같았어."

"월령?"

임승미의 물음에 남기준이 말했다.

"맞아. 거기가 홍문자교의 근거지잖아."

남기준은 임승미에게 자신이 그곳에 갔었다는 얘기를 하지 않았다. 다행히 임승미는 별다른 낌새를 채지 못했다.

"그런 것도 알아?"

남기준은 깊은 숨을 들이쉬며 대답했다.

"나도 매혹당했으니까."

"좋은 일은 아니야."

"그래도 시그니처의 힘을 자유자재로 쓸 수 있다면 엄청난 힘을 얻는 거잖아."

"나는 그걸 쓸 때마다 두려움을 느껴."

임승미가 떨리는 목소리로 말하자 남기준이 물었다.

"매혹당했다며?"

"그건 지배당하는 것의 또 다른 의미지. 시그니처는 그 누구도 통제할 수 없어."

"그런데 왜 그걸 찾아 헤매는 거지?"

남기준의 물음에 임승미는 아까와는 달리 거의 억지로 웃으며 대답했다.

"매혹당했으니까."

그러면서 옆구리에 끼고 온 에코백에서 수첩 하나를 꺼냈다.

"네 목숨값이야. 그동안 내가 시그니처에 대해서 조사한 것들이야."

"이걸 왜 나한테 주는 거지?"

남기준의 물음에 임승미는 어깨를 으쓱거렸다.

"살아 돌아온 걸 보니까 시그니처의 신이 널 돌봐주는 거 같아서."

수첩 안에는 그녀가 손으로 그린 듯한 시그니처와 의미들이 적혀있었다. 에코백을 챙겨서 일어난 임승미가 말했다.

"조심해."

"누굴?"

"시그니처에 매혹당하면 독점하려고 들거든."

그녀의 얘기를 들은 남기준이 입을 열었다.

"노인처럼?"

임승미는 대답 대신 가볍게 웃으며 카페를 나갔다. 책을 읽고 있던 주인 여자가 '안녕히 가세요'라는 인사를 건넸다. 홀로 남은 남기준은 커피를 한 모금 마신 후에 수첩을 펼쳤다. 그곳에는 남기준이 교도소 독방에서 본 시그니처부터 처음 보는 시그니처들이 그려져 있었고, 그녀가 해석한 내용들이 적혀있었다. 천천히 수첩을 넘기던 남기준은 한군데에서 멈췄다. 머리 없는 독수리가 날개를 거의 반원형에 가깝게 펼쳤고, 그 안에 빛이 반짝거리는 그림이 눈에 띈 것이다. 그 아래에는 임승미가 해석한 내용이 적혀 있어서 한 글자씩 또박또박 읽었다.

"이 시그니처는 그린 사람을 보호해주는 힘을 가지고 있다. 다른 시그니처들이 사고를 유발하거나 혹은 그린 사람을 파멸로 이끌지만 이 시그니처는 반대로 지켜주는 역할을 한다. 현재까지 확인된 시그니처 중에서는 유일하게 보호용이다."

특이하다고 중얼거리며 다음 페이지로 넘기는 순간, 창밖에서 끼익하는 급정거 소리와 함께 비명이 들렸다. 무심코 창밖을 본 남기준은 그대로 얼어붙었다. 사거리의 횡단보도에 파란색 택배 트럭이 멈춰 있고, 그 앞에 한 사람이 쓰러져 있는 게 보였다. 그런데 옷차림이나 머리 모양이 임승미 같았다. 놀란 남기준은 수첩을 챙기고는 뛰쳐나갔다.

단숨에 사거리까지 달려간 남기준은 쓰러진 임승미 곁으로 다가갔다.

"승미 씨! 괜찮아? 정신 차려!"

하지만 쓰러진 그녀는 머리에서 잔뜩 피를 흘린 채 축 늘어져 있었다. 사고를 낸 택배 기사는 한 손으로 머리를 쥐어뜯으며 누군가와 통화를 하는 중이었다. 정신없는 와중에 택배 기사가 하소연하는 소리가 들렸다.

- 아니, 이놈의 똥차가 갑자기 브레이크를 안 먹지 뭐야. 어떡하지. 진짜.

사람들이 몰려들어서 웅성거리는 와중에 남기준은 임승미의 옆에 떨어져 있는 에코백을 바라봤다. 그리고 에코백의 아래쪽에 아주 작게 그려진 시그니처의 흔적을 발견했다.

"뭐지?"

남기준이 에코백을 들어서 살펴보자 시그니처가 선명하게 보였다. 거대한 바퀴에 벌레가 깔려서 짓이겨진 그림이었다. 차나 열차에 치어서 죽도록 만드는 시그니처였다. 누군가 임승미를 죽이기 전에 시그니처를 에코백에 그린 것이다. 의미를 깨닫는 순간 남기준은 온몸에 소름이 돋았다.

"시그니처로 사람들이 서로 죽이고 있군."

남기준은 엉거주춤 일어나서 현장 주변을 돌아봤다. 그들 중에 임승미의 에코백에 몰래 시그니처를 그린 범인이 있을 것이라고 생각했다. 하지만 호기심에 가득 찬 구경꾼들은 바라보거나 혹은 휴대폰으로 영상을 찍는 중이었다. 다리에 힘이 빠진 남기준은 바닥에 털썩 주저앉고 말았다. 그때 낯설고 불길한 시선이 느껴졌다.

"뭐지?"

남기준은 구경꾼들을 다시 천천히 살펴봤다. 야구 모자를 푹 눌러쓴 누군가가 마치 시선을 피하려는 듯 고개를 돌리는 게 보였다. 그쪽을 바라봤지만 다른 구경꾼들에게 금방 시야가 가로막히고 말았다.

어떻게 돌아왔는지 모르게 집에 도착한 남기준은 온몸에 힘이 쭉 빠지고 말았다. 간신히 소파에 앉은 그는 두 손으로 얼굴을 감쌌다.

"어제 오늘 너무 많은 일들이 있었어."

무려 둘이나 그의 눈앞에서 죽고 말았다. 그중 한 명은 자신을 죽이려고 했고, 다른 한 명은 시그니처에 대해서 알려준 사람이었다.

"시그니처를 알면 알수록 죽음과 가까워지는 건가?"

가만히 앉아있어도 숨이 찰 정도로 지친 상태가 이어졌다. 우두커니 소파에 앉아있던 남기준은 TV라도 틀어보려고 리모컨을 찾았다. 그때 벨 소리가 들렸다. 힘겹게 몸을 일으켜서 현관 쪽에 있는 인터폰 화면을 보자 지난번에 왔던 김향기 순경의 모습이 보였다.

"어쩐 일이십니까?"

"오늘 사거리에서 일어난 교통사고 때문에 왔습니다. 목격자라고 하시던데요."

"맞습니다. 현장에서 진술을 했는데요."

"몇 가지 더 여쭤볼 게 있어서요."

지치고 귀찮긴 했지만 거부했다가는 이상한 의심을 살 수 있을 것 같아서 현관문을 열어줬다. 들어온 김향기 순경은 모자를 벗고는 실례하겠다는 말을 했다. 남기준은 소파 쪽을 가리키면서 물었다.

"커피 한잔 하시겠습니까?"

그의 물음에 소파에 앉은 김향기 순경은 고개를 저었다.

"아까 순찰 돌면서 마셨습니다."

"같이 다니시던 분은요?"

질문을 받은 김향기 순경은 모자를 벗은 머리를 쓸어 넘기면서 대답했다.

"신고를 받고 다른 지역으로 출동했습니다. 긴급 상황이라서요."

"그렇군요. 아까 낮에 일어난 사고 때문에 오셨다고요?"

"네. 당시 현장에서 사고를 목격하셨다고 해서 몇 가지 여쭤보려고 왔습니다."

남기준은 주머니에서 수첩과 볼펜을 꺼낸 그녀를 보면서 마른침을 삼켰다. 노인의 죽음과도 연루된 상태라 조사를 받아야 하는데 이제 임승미의 죽음에까지 얽혀버렸기 때문이다. 하지만 다른 한편으로는 시그니처를 아는 경쟁자들이 사라졌다는 걸 의미하기도 했다. 그런 속내가 얼굴에 드러날까 봐 일부러 눈을 아래로 내리깔았다. 그런 남기준에게 김향기 순경이 조심스럽게 물었다.

"사고 당시 피해자 곁에 있었다고 들었습니다만."

"사실, 사거리에 있는 루프톱 카페에서 만났었습니다. 얘기를 끝내고 나간 그녀가 사고를 당한 거죠."

어차피 숨길 일도 아니고 숨길 수도 없었기 때문에 솔직하게 털어났다. 역시 김향기 순경이 별로 놀라지 않은 걸 보면서 남기준은 이미 다 알고 있었다고 짐작했다. 수첩에 뭔가를 적은 김향기가 다시 물었다.

"무슨 일로 만나신 거죠? 원래 아는 사이셨나요?"

"아뇨. 이사 오고 나서 시위를 하는 걸 보고 알게 되었습니다. 억울한 사연이 있다고 해서 인터넷에서 찾아보고 호기심을 느껴서 이런저런 얘기를 나누다가 친해진 거죠."

"억울한 사연이면 임동주 씨 얘긴가요?"

"네. 사실, 여기가 아파트로 재개발되기 전에 있던 교도소에 구경을 온 적이 있었거든요."

"그녀는 뭐라고 하던가요?"

"자기 아버지가 감옥에서 갑자기 사라져버렸다고 했습니다. 아마, 의문의 죽음을 당하고 교도소 안에 몰래 매장되었을 거라고 추측하더라고요. 그래서 가족들과 함께 시위를 하는 중이라고 했습니다."

"사실, 그 분은 임동주 씨와 혈연관계가 아닙니다."

김향기 순경의 얘기를 들은 남기준은 괴롭다는 표정을 지었다. 실제로도 그랬기 때문에 정말 큰 한숨이 나왔다.

"옥교 쪽 형사에게서 들었습니다. 그래서 그걸 추궁했더니 횡

설수설하다가 갑자기 나가버린 겁니다."

"뭐라고 횡설수설하던가요?"

"자신이 숨겨진 딸이라고 해서 증거가 있냐고 했더니 자길 못 믿느냐고 짜증을 냈습니다."

어차피 그녀는 죽었기 때문에 교차 검증은 하지 못하는 상황이었다. 어떻게든 시그니처의 비밀을 지켜야 한다는 생각에 남기준은 손짓까지 하면서 거짓말을 했다. 김향기 순경은 곧이곧대로 믿었는지 다음 질문으로 넘어갔다.

"옥교에는 왜 가신 겁니까?"

"임승미의 부탁으로 간 겁니다. 자기 아버지가 수감된 시절 간수로 근무하던 노인이 중요한 증언을 해준다고 했는데 자기는 시위 때문에 자리를 비우지 못한다고 했거든요."

"그런데 노인이 갑자기 비닐하우스에서 곡괭이를 휘둘렀군요."

김향기의 말에 어제의 악몽이 떠오른 남기준은 고개를 절레절레 흔들었다.

"진짜 죽는 줄 알았습니다. 지금도 왜 그 노인네가 저를 죽이려고 했는지 모르겠어요."

"아무 이유 없이 죽이려고 한 겁니까?"

김향기 순경이 똑바로 바라보면서 묻자 남기준은 저도 모르게 마른침을 삼켰다. 하지만 너무도 태연하게 거짓말이 나왔다.

"네, 처음에 임승미를 대신해서 왔다고 했더니 자기 간수 시절 얘기를 한참 했습니다. 그러다가 할 얘기가 뭐냐고 묻자 갑자기 비닐하우스로 데려간 겁니다."

"비닐하우스로요?"

"네, 집 앞에 닭을 키우는 비닐하우스가 있었는데 거기로 데려갔습니다. 그리고 제가 한눈을 파는 사이에 기습을 한 거죠."

"어떻게 알아차린 거죠?"

그녀의 물음에 남기준은 어떻게 대답할까 잠깐 고민하다가 입을 열었다.

"그냥, 느낌이 안 좋아서 고개를 돌렸는데 곡괭이를 치켜들고 내리치려는 와중이었습니다. 정말 간신히 피했죠."

남기준의 얘기를 들은 김향기 순경은 수첩에 꼼꼼하게 적었다. 그걸 지켜보던 남기준이 조심스럽게 물었다.

"임승미의 진짜 이름이 뭡니까?"

"황지애로 알고 있어요."

"정말 임동주와는 아무런 연관이 없습니까?"

"네. 현재로서는 밝혀진 게 없습니다. 공통점은 월령에서 거주했다는 것 정도입니다."

월령이라는 말을 들은 남기준은 호기심이 들었다.

"임승미, 아니 황지애도 고향이 월령인가요?"

"아뇨. 본적은 서울입니다. 다만 어릴 때 월령으로 이사를 갔다가 고등학생 때 다시 서울로 왔어요."

"월령으로 갔다가 다시 서울로 왔다고요?"

"아마 부모님을 따라서 내려갔다가 학업 때문에 다시 서울로 온 것 같아요. 현재 부모님을 찾는 중입니다."

"친부모와도 연락을 안 하고 살았던 겁니까?"

"자세한 건 모르겠어요. 일단 생존한 것은 확실합니다."

"그럼 자기 부모도 멀쩡히 살아있는데 엉뚱한 살인범의 딸을 자처한 겁니까?"

남기준이 진짜로 이해되지 않는 상황을 묻자 이번에도 김향기 순경이 고개를 저었다.

"가족과는 10년 넘게 연락을 하지 않고 지내고 있는 것 같습니다. 학창 시절에 심각한 학교 폭력을 겪고 후유증을 앓았던 모양입니다. 여러모로 특이한 케이스라 시간이 좀 걸릴 것 같다고 조사 중인 형사가 얘기해줬습니다."

김향기 순경의 얘기를 들은 남기준은 임승미를 자처한 황지애가 어떻게 시그니처를 알게 되었는지 유추할 수 있었다.

'월령에서 학창 시절을 힘들게 보내다가 우연찮게 시그니처의 존재를 알게 되었군. 그걸 쓰면서 계속 임동주, 아니 이헌축을 찾아다녔던 것이고.'

생각을 정리한 남기준이 물었다.

"그나저나 사고는 어떻게 난 겁니까? 파란불에 건너간 걸로 알고 있는데요."

"택배 기사는 브레이크가 고장 났다고 진술했어요. 주변 CCTV나 택배 차량의 블랙박스를 확인했지만 특별한 타살 용의점은 없었습니다. 혹시 현장에서 뭔가를 보시거나 목격한 게 있었나요?"

형식적인 물음이라는 걸 간파했지만 잠깐 생각하는 척을 하고는 고개를 저었다.

"차가 급정거하는 소리를 듣고 나서야 창밖을 봤습니다. 직접 본 건 아무것도 없었습니다. 진짜 사고가 맞습니까?"

"사고를 내려고 했다면 밤중에 으슥한 골목길이 적합하겠죠. 사람들이 한참 붐비는 저녁 시간대는 적합하지 않아요."

"그렇긴 하죠."

"거기다 택배 기사와 황지애 씨는 특별한 연관관계도 없고요. 제가 드릴 말씀은 이 정도입니다."

김향기 순경은 수첩을 닫고 옆에 놓은 모자를 눌러썼다. 그리고 협조해줘서 고맙다는 말을 남기고는 소파에서 일어났다가 불쑥 물었다.

"사모님은 아직 안 오신 모양이네요?"

예상 밖의 질문에 이전에 그녀가 찾아왔을 때 둘러댄 내용을 떠올렸다.

"아! 왔다가 장모님 생일이라고 어제 다시 갔습니다. 장인 장모님 모시고 여행 간다고 해서 보내줬어요."

"같이 안 가시고요?"

"뭐, 사실 처가와는 그다지 사이가 좋지 않아서요."

"아이고, 괜한 걸 물어봤네요."

"괜찮습니다. 모르고 물어본 건데요."

미안하다는 표정을 지은 김향기 순경이 모자를 고쳐 쓰면서 현관으로 향했다. 따라 일어난 남기준이 배웅을 하려고 지켜보는 와중에 김향기 순경은 신발 끈이 풀어졌다며 잠깐 쪼그리고 앉아 있다가 일어났다. 남기준은 현관문을 열고 나간 그녀가 엘리베이터를 타고 내려가는 걸 인터폰 화면으로 본 다음에야 참았던 한숨을 내쉬었다. 소파로 돌아와서 축 늘어진 그는 천장을 올려다보면서 하나씩 생각을 정리하려고 노력했다.

"일단 임승미는 가짜고 황지애가 진짜 이름이라 이거지. 시그니처에 매혹되어서 정보를 더 캐내기 위해 임동주의 딸을 자처한 거고, 옥교에 살던 노인은 임동주와 가깝게 지냈고, 그러면서 역시 시그니처에 매혹되었고 말이야. 내가 시그니처에 대해서 알고 돈을 쓸 정도로 관심을 보이니까 비닐하우스로 유인해서 살해하려고 했지. 아마 날 죽인 다음에 임승미도 유인해서 죽이려고 했을 거야."

돌아가는 정황이 대충 정리되었지만 결정적으로 한 가지가 걸렸다.

"누가 임승미의 에코백에 시그니처를 그려 넣은 거지?"

시그니처에 매혹당한 누군가가 자신과 같은 처지의 사람들을 제거하고 다니는 것 같았다. 그러면서 이제 자신도 그중 하나일지 모른다는 사실에 소름이 돋은 남기준은 정신이 번쩍 들었다. '뭘 어떻게 하지?'라는 생각을 하는데 갑자기 휴대폰이 울렸다. 남기준은 휴대폰에 찍힌 아내의 이름을 보고 반가움보다는 낯설음이 더 강하게 느껴졌다. 하지만 안 받을 수는 없어서 통화 버튼을 누르고 귀에 휴대폰을 가져갔다.

- 어, 잘 지내고 있어.

그의 말에 아내가 건조하게 대답했다.

- 여행을 좀 다녀왔어. 머리 좀 식히러.

- 그래, 잘 했네. 어디로?

- 제주도. 바닷바람 좀 쐬고 왔어.

- 요즘 날씨 좋았을 텐데.

- 나쁘지 않았어.

그 뒤로 침묵이 이어졌다. 딱히 더 할 말이 없어진 남기준은 입을 다물었다. 아내 역시 침묵을 지키면서 불편한 분위기가 이어진 것이다. 남기준이 먼저 끊으려고 하는데 아내가 불쑥 말했다.

- 나, 집에 돌아갈게.

- 어, 언제.

- 내일.

- 며칠 있다 와.

저도 모르게 불쑥 얘기한 남기준은 아내가 놀라서 숨을 삼키는 소리를 들었다. 잠시 후, 아내가 물었다.

- 왜?

- 아파트에 계속 안 좋은 일이 생기고 있어.

- 뉴스 나온 거 봤어. 사실이야?

- 그것보다 더 심각해.

오늘 죽은 임승미 얘기를 할까 하다가 이상한 오해를 할까 봐 건너뛰었다. 아내가 걱정스러운 목소리로 물었다.

- 분위기가 많이 뒤숭숭해?

- 난리도 아니야. 좀 진정되면 내가 전화할게.

- 알았어. 조심하고.

- 응.

짧지만 부담스러운 통화를 끝낸 남기준은 갑작스럽게 피곤함을 느꼈다. 그래서 휴대폰과 수첩을 챙겨서 안방으로 들어갔다. 잠을 자기 위해 불을 끄고 침대에 누웠는데 이상하게 잠이 오지 않았다. 불안함과 긴장감에 좀처럼 잠이 오지 않았던 것이다. 결국 침대에서 일어나 불을 켠 남기준은 아내의 화장대 위에 굴러다니던 사인펜을 집어들고 바닥에 시그니처를 그렸다. 아까 임승미가 건네 준 수첩의 시그니처 중에 사람을 지켜준다는, 머리 없는 독수리가 날개를 편 모양이었다. 마음이 한결 홀가분해진 남기준은 다시 불을 끄고 잠을 청했다. 짧은 시간 동안 많은 일들이 일어나면서 머리가 뒤죽박죽이었다.

"일단 잠을 좀 자고 생각해보자."

아내와의 일도 죽은 임승미와 시그니처 역시 쉽게 생각하거나 해결될 문제는 아니었다. 시그니처가 탄생한 홍문자교의 근거지인 월령으로 가볼까 하는 생각을 하면서 잠을 잤다.

다음 날 아침, 충동적으로 청량리역으로 간 남기준은 월령행 무궁화호 열차에 몸을 실었다. 다행히 평일 낮이라서 빈자리가 많은 편이었다. 창가 자리에 앉은 남기준은 흘러가는 풍경을 보면서 생각에 잠겼다. 홍문자교의 교주 이헌축은 어떤 계기로 시그니처의 힘을 깨달은 것 같았다. 그리고 자신과 소수의 동조자만이 그 힘을 가지기 위해서 일부러 서울을 떠나 인구가 적고 교류가 불편한 월령으로 근거지를 옮겼다. 교인이었던 임동주 역시 시그니처의 힘을 알아차리고 살인을 저질렀다가 붙잡혔다. 그는 감옥 안에서도 시그니처의 힘을 사용했고, 결국 증발해버렸다. 이후, 교도소가 있던 자리에 세워진 아파트 앞에 그의 딸을 자처한 임승미가 나타났다. 그리고 임동주와 가깝게 지냈던 은퇴한 간수는 임승미 대신 나타난 남기준을 죽이려고 했다. 돈을 주겠다고 했는데도 죽이려고 한 걸 보면 그게 목적은 아니었다. 그리고 임승미까지 죽은 걸 보면 시그니처에 매혹당한 자들이 서로 죽고 죽이는 게 분명했다. 그러면서 깨달았다.

"시그니처가 내 눈에 띈 건 우연이 아니었어."

죽은 임승미는 마음이 불안하거나 욕망에 가득 찬 사람이 시그니처에 매혹된다고 얘기했다. 그리고 그걸 독점하기 위해 같은 비밀을 아는 사람들을 죽이고 다녔던 것이다. 시그니처를 이용하면 직접 손을 쓰지 않고도 죽일 수 있으니까 말이다. 이런저런 생각을 하는데 크록스를 신은 꼬마 아이가 열차의 복도를 뛰어다녔다. 생각에 방해를 받은 남기준이 바라보자 아이는 겁을 먹었는지 몇 칸 앞에 있는 엄마에게 뛰어갔다. 그리고 엄마에게 칭얼거리다가 엉뚱한 얘기를 했다.

"어? 저기 좀 봐. 엄마."

엄마가 무슨 일이냐고 묻자 아이가 대답했다.

"앞 칸에서 불이 넘어와."

놀란 남기준이 일어나서 앞쪽을 쳐다봤다. 앞쪽 칸의 연결통로에서 불길이 넘실거리며 다가오는 게 보였다. 놀란 승객들이 비명을 지르며 뒤쪽 칸으로 도망쳤다. 남기준 역시 복도로 나와서 도망치다가 복도를 뛰어다니던 아이와 뒤엉켜서 넘어지고 말았다. 밑에 깔려서 울고 있는 아이를 보고 당황하며 일어난 남기준은 무심코 뒤를 돌아봤다. 그리고 불길이 바로 코앞까지 다가온 걸 보고는 놀라서 비명을 질렀다.

"으악!"

비명을 지르며 잠에서 깨어난 남기준은 방 안이 온통 연기로 가득 찬 걸 깨달았다.

"무슨 일이지?"

놀란 남기준은 베개로 입을 가린 채 몸을 낮췄다. 그리고 조심스럽게 안방의 문을 열었다가 거실이 불과 연기로 가든 찬 걸 보고는 입을 딱 벌렸다.

"어떻게 불이 난 거지?"

다행히 불은 거실에서 안방으로 넘어오지는 않았다. 남기준은 휴대폰을 챙겨서 안방과 연결된 베란다로 나갔다. 다행히 베란다로도 불길이 넘어오지는 않았고, 연기는 창문을 열자 빠져나갔다. 아래쪽에는 연기가 난 것을 본 사람들이 몰려나와 있었다. 남기준이 손을 흔들자 몇 명이 따라서 흔들면서 신고했다고 외쳤다. 잠시 후, 소방차들이 도착했고, 그중 한 대가 고가 사다리차였다. 소방관을 태운 고가 사다리가 접근하자 안도의 한숨을 쉰 남기준은 임승미에게 받은 수첩을 떠올렸다. 다행히, 수첩은 휴대폰과 함께 안방에 있는 상태라서 가지고 탈출할 수 있었다. 고가 사다리를 타고 온 소방관이 손을 내밀면서 물었다.

"다른 사람이 안에 더 있습니까?"

남기준은 없다고 외치고는 손을 잡았다. 그의 도움으로 안전하게 내려온 남기준은 연기를 뿜어내는 자신의 집을 멍하게 바라봤다. 그리고 주변에 몰려든 구경꾼들을 바라봤다. 경비원인 정진현을 비롯해서 아파트 주민들의 모습이 보였는데 그들 뒤에서 낯선 누군가가 자신을 응시하는 게 느껴졌다. 이상하게 얼굴이 보이지 않아서 마치 그림자처럼 느껴졌다. 남기준이 바라보자 낯선 시선은 금방 온데간데없이 사라져버렸다. 순식간에 종적을 감춘 낯선 시선을 곱씹어보던 남기준이 중얼거렸다.

"교통사고!"

스스로를 임승미라고 불렀던 황지애의 교통사고 현장을 지켜봤던 시선과 비슷한 느낌을 받은 것이다. 남기준은 알 수 없는 불안감을 느꼈다.

"대체 누구지?"

6

시그니처의
주인

불은 삽시간에 꺼졌다. 아침이 되면서 화재 진압을 마친 소방관들도 모두 철수했다. 경비실로 간 남기준은 경비원 정진현이 가져다 준 종이컵에 담긴 뜨거운 차를 마시는데 사복 차림의 소방관이 들어와서 인사를 했다. 자신을 화재 조사관이라고 밝힌 그는 화재 원인을 조사한다면서 몇 가지 물었다. 가스렌지를 제대로 잠갔는지와 담배를 피웠는지 여부였는데 남기준은 집에서 가스렌지를 켠 적이 없고, 담배도 피우지 않는다고 대답했다. 남기준의 대답을 들은 화재 조사관은 고개를 갸웃거렸다.

"8년 전부터 화재조사관으로 일했는데 이런 상황은 처음입니다."

"어떤 게요?"

"발화점이 현관에서부터 시작되었어요."

"현관이요? 거기서 왜 불이 납니까?"

남기준의 물음에 화재 조사관은 맞장구를 쳤다.

"그렇죠. 거긴 불이 날 일이 없거든요.

"근처 CCTV를 조사해봤는데 불이 난 시간에 현관 앞에는 아무도 없었습니다."

"누가 일부러 불을 지르지 않았다면 자연발화라는 말씀이신가요?"

"그렇게 밖에 해석이 안 되는데 아파트 현관에서 자연발화가 날 이유는 없으니까요."

그러면서 좀 더 조사해보고 알려주겠다고 대답하고는 명함을 남기고 자리를 떴다. 잠깐 생각에 잠겨있던 남기준은 빈 종이컵을 한 손으로 구긴 채 일어났다. 그리고 곧장 집으로 향했다. 불탄 현관문은 노란색 출입금지 테이프가 더덕더덕 붙어 있었다. 몇 개를 뜯어내고 안으로 들어간 남기준은 불에 탄 현관을 돌아봤다.

"이곳에서 불이 시작되었다고?"

그곳에 선 남기준은 불이 났을 때 잠을 자고 있던 안방을 바라봤다. 거실도 잿더미가 되었는데 이상한 점을 발견했다.

"베란다 쪽 거실과 부엌은 멀쩡하네."

불길은 마치 안방을 목표로 한 것처럼 거실을 가로질러 간 것 같았다. 베란다 쪽 거실과 부엌은 연기에 그을린 정도였지 바닥이나 벽지가 탄 흔적은 보이지 않았다. 남기준은 불길이 물결처럼 흔적을 남기면서 거실로 향한 흔적들을 바라봤다.

"안방에서 자고 있던 나를 노린 것 같아."

그게 뭘 의미하는지 알아차린 남기준은 불에 탄 현관을 여기저기 살폈다. 그러다가 마침내 발견했다. 신발장 안쪽에 아주 작게 남겨진 시그니처의 흔적을 발견한 것이다.

"찾았다."

그가 찾아낸 시그니처는 거대한 불에 사람이 갇혀있는 형태였다. 글자 그대로 불을 내서 사람을 죽이는 시그니처였던 것이다. 그래서 아무것도 탈 것이 없던 현관에서 불이 나서 남기준이 자고 있던 안방으로 불어닥친 것이다.

"지켜주는 시그니처 덕분에 살았군."

잠자기 직전에 꺼림칙한 마음에 그려놓은 시그니처가 보호해주면서 불길이 안방을 넘어오지 못했던 것이다.

"대체 누구지?"

현관 밖이라면 모를까 현관 안쪽이라면 자신 말고 누군가가 들어와서 그렸어야만 했다. 하지만 집에 직접 찾아온 사람은 최근에는 단 한 명밖에 없었다. 신발 끈을 고쳐 매느라 시간을 지체했는데 생각해보면 시그니처를 몰래 그려 넣기에 충분한 시간이었다.

"시그니처를 알고 있었다고?"

그 자리에 쭈그리고 앉아서 한참을 생각해봤지만 그녀가 시그니처의 존재와 사용 방식을 알고 있을 만한 이유가 도통 떠오르지 않았다. 연결고리를 찾아보려고 노력하다가 현관의 시그니처를 이전에 봤다는 생각이 떠올랐다.

"설마……"

추측이 맞다고 해도 확인할 수 있는 방법이 떠오르지 않았다. 손톱을 물어뜯으며 생각에 잠겨 있던 남기준은 좋은 방법이 생각났다. 곧장 휴대폰으로 월령에서의 살인사건을 조사하는 형사에게 전화를 걸었다. 신호음이 몇 번 울리다가 상대방이 전화를 받았다.

— 아, 남기준 씨? 어쩐 일이십니까?

— 항의할 일이 있어서 전화 드렸습니다. 변호사가 녹취를 하는 게 좋겠다고 해서 지금부터 녹취를 하겠습니다.

- 어, 무슨 일이신데요?

살짝 당황한 것 같은 형사의 말에 남기준은 목소리를 높였다.

- 어제, 발신 제한 번호로 전화가 왔는데 죽은 노인의 유가족이라고 하더라고요.

- 뭐라고요? 뭐라고 했는데요?

- 저한테 자기 아버지를 죽인 살인마라고 하면서 화를 냈습니다. 그래서 노인이 먼저 나를 죽이려고 해서 몸싸움을 하다가 일어난 일이고, 정당방위라고 했습니다. 그랬더니, 자기가 직접 조사하는 중이라면서 거짓말하지 말라고 하더라고요.

- 아니, 그런 일이.

- 통화를 끝내고 보니까 그쪽이 제 연락처를 알 수가 없지 않습니까? 그래서 아는 변호사 형님에게 물어봤더니 무조건 수사관이 유출한 거라고 하더라고요.

- 뭐라고요? 저는 그런 적이 없습니다.

- 그러면 그 유가족이라는 사람은 어떻게 제 번호를 알고 있는 겁니까? 변호사 형님이 형사님에게 전화를 해서 물어보고 아니라고 하면 소송을 걸라고 했습니다.

- 소송이요? 아니, 그런 일로…….

제대로 먹혔다는 생각에 남기준은 목소리를 더 높였다.

- 그런 일이라니요. 그 전화 받고 제가 얼마나 놀랐는지 아세요? 그리고 오늘 새벽에 우리 집에 불이 났습니다.

- 불이요?

- 네! 불이요. 누가 현관에 불을 질렀어요. 제가 자고 있는 안방으로 번지기 전에 깨서 다행이지 안 그랬으면 꼼짝없이 불타 죽든지 질식해서 죽었을 거라고요. 이거 조사해서 형사님이 유출하신 거면 책임 크게 지셔야 할 겁니다.

- 일단 진정하시고, 저는 결단코 관계자에게 기준 씨의 개인정보를 유출한 적이 없습니다.

- 집이 홀라당 타고 협박 전화까지 받았는데 진정이 됩니까? 형사님이 아니면 제 번호를 누가 유가족에게 유출한 겁니까? 저는 얼굴도 모르는데요.

짜증과 분노가 섞인 남기준의 말에 형사는 당황했는지 잠깐 침묵을 지켰다. 그러다가 조용한 곳으로 이동하는지 문을 여는 소리가 들렸다.

- 저기, 이건 비밀인데요. 죽은 김윤섭 씨 딸이 공무원입니다. 공무원.

- 아니, 공무원이면 그런 개인정보를 다 알 수 있는 거예요?

- 그, 그게.

- 혹시 같은 공무원이라고 알려준 거 아닙니까?

- 요즘은 그런 거 없어요. 말씀드렸잖아요. 제 목표가 퇴직하고 연금 타는 거라고요.

- 그럼 어떻게 알았던 겁니까? 형사님이 아니라는 걸 알아야 제가 다른 사람을 의심해보죠. 다들 수사관이 유출한 게 백 프로 확실하다고 하는데요.

약간 하소연하는 말투로 바뀌자 형사가 살살 달래는 말투로 얘기했다.

- 사실은 그쪽도 경찰이라서요. 어찌어찌 알았나 봅니다. 저도 더 이상은 말씀 못 드려요.

- 여자 목소리던데요. 자기는 서울이라고 했어요.

- 맞아요. 서울에서 근무하는 여자 경찰입니다. 여기까지요. 아무튼 저는 아닙니다. 아셨죠?

- 알겠습니다. 일단 변호사와 얘기를 나눠보겠습니다.

- 그리고 죽은 김윤섭 씨 부검은 끝냈고, 현재 탐문 수사 중입니다. 정보가 더 나오는 대로 알려드리겠습니다.

그다음 얘기는 별로 중요한 게 아니라서 대충 전화하고 끝냈다. 그러면서 죽은 임승미의 얘기가 하나 떠올랐다.

"나를 만나기 전에 경찰과 만났다고 했지? 그 경찰이……."

자신의 집에 찾아왔던 그 경찰과 동일 인물이고, 죽은 노인의 딸이라는 사실이 주르륵 연결되면서 남기준은 온몸에 소름이 돋았다. 시그니처를 둘러싼 전쟁 한복판에 빠져들었던 것이다.

"환장하겠네."

우두커니 서서 생각에 잠겨 있는데 휴대폰으로 메시지가 왔다. 메시지 내용을 살펴본 남기준은 아파트 복도로 나와서 바로 전화를 걸었다.

- 여보세요. 공포 탐정입니다.

- 아, 연락 주셔서 감사합니다. 남기준이라고 합니다.

- 죄송합니다. 제가 SNS를 잘 안 해서 이제야 확인했네요.

- 아닙니다. 바쁘시면 그러실 수 있죠. 유튜브 방송을 보고 궁금한 게 있어서 연락을 드렸습니다. 찾아 뵙고 궁금한 걸 여쭙고 싶은데 시간이 언제가 좋으십니까?

- 제 방송을 보셔서 아시겠지만 신비주의라서요. 직접 만나는 건 어려울 거 같고, 대신 궁금한 걸 물어보시거나 이메일로 주시면 제가 답변을 해드리면 안 되겠습니까?

- 그럼, 지금 여쭤봐도 될까요?

- 물론입니다.

한숨을 돌린 남기준은 복도를 서성거리면서 궁금했던 내용들을 물어봤다.

- 제가 사는 아파트가 서부 교도소 자리거든요. 거길 허물고 지었습니다.

- 아, 거기 사시는군요.

- 아파트에 자꾸 안 좋은 일이 생기고, 임동주가 남긴 기호하고 비슷한 것들이 보이고 있어요. 지금.

- 그렇습니까? 거긴 터가 안 좋은 곳인데 말이죠.

- 그래서 안팎으로 시끄러운데요. 그러다 임동주에 대해서 궁금한 게 생겨서요. 그자는 왜 자기가 살인을 저지른 곳에 기호를 남겼을까요? 어떤 힘을 숭배했기 때문이라고 하셨는데 너무 독특한 기호라서 눈에 띈 거잖아요.

- 기호의 힘을 시험한 거 같습니다.

- 시험했다고요?

- 자기가 그걸 쓸 수 있는지 말입니다. 어쨌든 살인사건에 대해서는 증거 불충분이 나왔습니다. 대부분 알리바이가 명확했거든요. 그래서 사형 판결을 못 내린 겁니다.

- 직접 죽인 게 아니라 기호를 통해서 죽였다는 얘긴가요?

- 그것 밖에는 해석이 되지 않는 부분들이 너무 많습니다. 물론 당시에는 말도 안 된다고 했고, 지금도 그렇게 생각할 수 밖

에 없으니까요. 그런데 홍문자교를 조사하다가 흥미로운 걸 알아냈습니다. 이건 소송이 걸릴지 몰라서 유튜브에서는 얘기하지 못한 겁니다.

- 뭡니까?

남기준의 물음에 공포 탐정은 잠시 주저하다가 대답했다.

- 임동주가 죽였다고 추정되는 사람들 상당수는 홍문자교의 신자들입니다.

- 같은 신자를 죽였다고요?

놀란 남기준의 말에 공포 탐정이 한숨을 훅 내쉬며 말했다.

- 그렇습니다. 왜 죽였냐는 경찰의 물음에 임동주는 아무 대답도 하지 않았지만 사실입니다. 특히, 서울이 아니라 월령으로 근거지를 옮긴 이후에도 계속 떠나지 않은 골수 신자들이죠.

- 믿기지가 않네요.

- 저도 그렇습니다. 보통 사이비 종교 집단이 쇠락하게 되면 남은 골수 신자들은 그야말로 똘똘 뭉치거든요. 그래서 거의 유사가족처럼 지내는데 홍문자교는 반대로 신자들을 죽였습니다. 심지어 교주인 이헌축조차 의문의 교통사고로 사망했습니다.

공포 탐정의 얘기를 들은 남기준은 깜짝 놀랐다. 홍문자교의 버려진 신당에서 발견한 액자에는 임동주가 이헌축과 동일 인물이었기 때문이다.

- 이헌축도 죽었단 말입니까?

- 88년, 그러니까 임동주가 체포되기 직전에 교통사고로 사망했습니다. 차가 절벽에서 굴러서 떨어졌죠. 완전 폭파되어 버려서 시신도 제대로 수습하지 못했습니다.

공포 탐정의 얘기를 들은 남기준은 이헌축이 시그니처를 독점하기 위해 홍문자교의 교인들을 죽인 게 아닌가 하는 생각을 했다. 머리가 복잡해진 남기준이 저도 모르게 한숨을 쉬었다. 그러자 공포 탐정이 물었다.

- 사시는 아파트 상황이 많이 안 좋습니까?

- 네, 온갖 사건 사고들이 일어나고 있어요. 거기다 얼마 전에는 임동주의 유가족들이 몰려와서 시위도 했습니다.

- 유가족이요? 임동주는 현재 남아있는 친족들이 없는 걸로 아는데요?

- 알고 보니까 가짜였습니다. 여자 한 명이 다른 사람들을 고용해서 시위를 벌인 겁니다.

- 저런, 이상한 일이군요. 하지만 아주 불가능한 일은 아니죠.

- 불가능하지 않다면?

- 외국도 그렇고 우리나라도 종종 연쇄살인범들을 좋아하거

나 숭배하는 사람들이 있으니까요. 특히, 임동주 같은 경우는 워낙 독특해서 추종자들이 종종 저한테도 연락을 합니다.

- 추종자들이요?

- 네, 그가 강력한 힘을 가지고 있고, 살인은 그의 행동이 아니라는 식이죠. 심지어 서부 교도소에 있을 때 간수조차 그의 추종자가 되었습니다.

- 간수라면?

옥교에 살던 노인을 떠올린 남기준은 차마 말을 잇지 못했다. 그러자 공포 탐정이 얘기해줬다.

- 같은 고향인 월령 출신이었습니다. 아마 홍문자교에 대해서 알고 있었던 거 같아요. 그래서 임동주가 사라졌을 때 그가 빼돌린 게 아니냐는 의심을 샀지만 알리바이가 명확해서 처벌을 받지는 않았습니다.

- 맙소사. 생각보다 복잡하군요.

- 그들이 시그니처라고 부르는 기호가 문제입니다. 일부의 주장이고 증명이 되지 않아서 방송에서는 얘기하지 않았지만 특별한 힘이 있다고 하더군요. 그 기호에 말이죠. 일부에서는 이헌축과 기호 살인마인 임동주가 동일 인물이라고 주장하기도 합니다.

"동일 인물이요?"

그의 반문에 공포 탐정이 대답했다.

"네. 임동주와 이헌축의 외모가 비슷해서 그런지 종종 양쪽을 헷갈려하는 경우가 있습니다. 그래서 교통사고로 죽은 게 이헌축이 아니라 임동주고, 이헌축이 그의 행세를 했던 게 아니냐는 얘기도 있었죠."

"그랬군요. 알겠습니다."

궁금증은 어느 정도 풀렸기 때문에 남기준은 고맙다는 말을 남기고 통화를 끊으려고 했다. 그러자 공포 탐정이 말했다.

─ 혹시나 제 방송에서 본 기호 같은 걸 아파트에서 보셨다면 가까이 가지 마시고 저에게 알려주십시오.

─ 그렇게 하겠습니다.

통화를 끝낸 남기준은 후들거리는 다리를 끌고 계단에 앉았다. 시그니처를 둘러싸고 사람들이 서로 죽고 죽이는 중이었다.

"맙소사."

그러는 한편, 욕망이 스멀스멀 생겨났다. 임승미도 죽었고, 노인도 죽었다. 그 얘기는 이제 시그니처를 이용할 수 있는 사람이 얼마 남지 않았다는 걸 의미했다. 어쩌면 그녀와 자신 밖에 없을지도 모른다는 생각에 남기준은 갑자기 웃음이 나왔다.

"그 힘을 쓸 수 있다니⋯⋯."

갑자기 두려움이 사라지고 알 수 없는 힘이 생겨나는 것 같았다. 주먹을 불끈 쥔 남기준은 참았던 한숨을 내쉬었다. 하지만 이제 넘어야 할 고비가 하나 있었다. 어떻게 해야 할지 고민하던 남기준은 아내에게 문자로 집에 불이 나서 며칠 처갓집 신세를 지어야겠다고 말했다. 아내가 바로 전화를 하자 남기준은 시그니처를 제외한 나머지 이야기를 들려줬다. 그리고 서둘러 옷을 챙겨입고 밖으로 나왔다. 처갓집으로 가기 전에 들릴 곳이 있었기 때문이다. 남기준은 지하철역으로 걸어가면서 중얼거렸다.

"사장 차는 안 바뀌었겠지?"

며칠 후, 순찰차를 타고 나갈 준비를 하던 김향기 순경은 동료 경찰인 이남경 순경이 박스를 가지고 들어오는 걸 봤다. 삼단봉을 챙기던 김향기 순경이 물었다.

"뭐야?"

"누가 너한테 보내는 거라는데?"

"나한테?"

책상 위에 박스를 올려놓은 이남경 순경이 고개를 끄덕거렸다.

"택배 기사가 겁이 나서 파출소에 못 들어가겠대. 그래서 내가 가져다준다고 했지. 뜯어보고 나와. 순찰차에 시동 걸어놓고 있을게."

"알았어."

김향기 순경은 책상 위에 놓인 박스를 살펴보다가 두 손으로 들어서 흔들어봤다. 뭔가 안에 들어있는 것처럼 덜그덕거리는 소리가 났다. 서랍에 있던 커터 칼을 꺼내서 테이프를 쭉 뜯은 그녀는 안에 담긴 내용물을 확인했다.

"뭐지?"

책이 몇 권 나왔는데 주문한 적도, 본 적도 없는 책이었다. 다시 박스를 살펴보니 보낸 사람도 기억이 없었다. 잠깐, 뭔가를 생각한 그녀는 책들을 천천히 펼쳐봤다. 그러다가 제일 아래 깔려 있는 책의 날개 부분에 작게 접은 종이를 발견했다. 종이 안에는 펜으로 그린 시그니처가 보였다. 사람이 허공에 떠 있는 모양으로 추락하는 것을 의미했다. 그걸 본 김향기 순경은 코웃음을 쳤다.

"머리를 좀 쓰셨네. 남기준 씨."

시그니처가 그려진 종이를 잘게 찢어서 쓰레기 통에 버린 김향기 순경은 순찰을 나갈 준비를 했다. 그런데 뒤쪽에서 헛기침 소리가 들렸다. 고개를 돌리자 파출소 소장인 박 경감이 난처한 표정으로 서 있는 게 보였다.

"무슨 일이십니까?"

그녀의 물음에 박 경감이 손짓으로 불러서 구석으로 데리고 갔다. 그리고는 주변을 한번 살펴보고는 낮은 목소리로 말했다.

"얼마 전에 돌아가신 아버지 말이야."

"네."

"방금 그 사건 담당 형사 전화가 왔는데."

김향기 순경이 바라보자 박 경감은 한숨을 푹 쉬면서 말했다.

"사건이 벌어진 비닐하우스 자리에서 시신들이 나왔대."

박 경감의 얘기를 들은 김향기 순경은 충격을 받은 척했다.

"시신들이요?"

"응, 현재 신원을 확인 중인데 대체로 오래된 상태라서 시간이 좀 걸린대. 아버지가 거기 얼마나 사셨다고 했지?"

"집은 퇴직하기 전에 사시고 왕래하셨고, 본격적으로 사신 건 퇴직하신 다음이니까 대략 10년 정도 되셨습니다."

김향기 순경의 얘기를 들은 박 경감이 마른침을 삼켰다.

"어, 그러니까 일단 시신을 좀 더 조사해봐야 하지만 그쪽에서는 혹시 돌아가신 아버님과 연관되어 있지 않나 생각 중이야."

"아버지가요? 절대 그럴 리가……."

어떻게 죽이고 묻었는지 곁에서 지켜봤지만 일단 부인해야 했던 김향기 순경은 충격을 받아서 말을 잇지 못하는 척했다. 그러자 박 경감은 더욱 안절부절못했다.

"나도 그렇게 생각하지만 일단 진상이 밝혀지기 전까지는 업무를 중단하는 게 좋겠어. 쓸데없는 오해는 피해야지."

"오해라니요! 설마 제 아버지가 거기에 묻힌 사람들을 죽였다는 얘긴가요?"

"그, 그건 아니지만 돌아가셨을 때 남기준 씨를 죽이려고 한 것은 영상에 남아 있잖아. 거기다 그 피해자가 우리 관할구역이고 말이야."

"일단 오늘 순찰까지만 돌겠습니다. 갔다와서 얘기하시죠."

"돌 수 있겠어?"

"어차피 대체 인력도 없잖아요."

김향기 순경의 말에 박 경감은 바로 수긍했다.

"그렇긴 하지. 그럼 일단 오늘 순찰까지만 다녀 와. 갔다 와서 면담하자."

"알겠습니다."

인사를 한 김향기 순경은 곧장 밖으로 나와 기다리고 있던 순찰차에 올라탔다. 핸들을 잡고 앉아있던 이남경 순경이 물었다.

"무슨 일이야?"

"소장님이 잠깐 불러서 얘기하느라. 늦겠다. 어서 가자."

"그래."

이남경 순경이 엑셀을 밟자 순찰차는 파출소 주차장에서 나왔다. 그리고 도로로 나갔다.

근처 카페에서 그 모습을 지켜보던 남기준은 손에 쥐고 있던 사인펜을 테이블 위에 올려놨다. 며칠 동안 김향기 순경을 지켜보면서 어느 순찰차에 타는지 확인하고 몇 시에 나가는지도 파악했다. 순찰차에 접근하기 위해서 파트너인 남자 순경에게 택배 기사로 변장해서 접근했고, 그가 택배 박스를 가지고 안으로 들어간 사이에 재빨리 사인펜으로 순찰차의 뒷 범퍼 아래에 시그니처를 그려 넣었다. 임승미로 행세했던 황지애가 알려준 시그니처 중 하나로 여러 개의 바퀴가 굴러가면서 벌레를 짓이기는 모양이었다. 차에 탄 사람에게 사고를 유발하게 만드는 것이었다. 약간의 죄책감과 두려움에 몸이 살짝 떨렸지만 애써 눌렀다. 이제 시그니처를 온전히 소유할 수 있다는 생각과 그걸 가지고 어떻게 사용할지에 대한 생각들을 하면서 천천히 커피를 마셨다. 어제, 경비원인 정진현을 구워삶는데 성공한 남기준은 아파트 단지의 CCTV들을 확인했다. 그리고 밤중에 후드를 뒤집어쓴 김향기 순경이 아파트 곳곳을 다니면서 시그니처를 남긴 걸 확인했다. 아마 아파트에 사건 사고들이 생기는 걸 보고 힘을 확인하려고 했던 것 같았다. 결정적으로 중학생이 뛰어내린 214동 옥상에도 순찰을 핑계로 올라간 것을 확인했다. 거기다 뛰어내려서 자살한 말썽꾸러기 중학생이 바로 김향기 순경에게 침을 뱉었던 당사자라는 것도 부모를 통해서 확인했다. 김향기 순경은 문제의 중학생이 사는 214동 옥상에 올라가서 뛰어내리게 만드는 시그니처를 그린 후에 전화로 중학생이 옥상으로 올라가도록 유인했다. 자기를 고소한 학생에게 보복한 것이다. 한편, 황지애는 서부 교도소 자리에 지어진 아파트에서 시그니처가 발견되자 조사를 하기 위해 임동주의 유가족 흉내를 내며 돌아다녔던 것이다. 이런저런 생각을 하는데 카페의 문이 열리고 아내가 들어왔다. 아내는 남기준의 맞은편에 앉았다.

"평소에 안 오던 곳인데 여긴 왜 온 거야?"

"그냥. 보험사와는 얘기 잘 됐어?"

"응. 화재보험을 들어놓아서 천만다행이지 뭐야."

아내는 친정에 가 있는 동안 마음이 누그러졌는지 활짝 웃었다. 화재 보험료가 생각보다 많이 나올 것 같다는 말도 덧붙였다. 거기다 남기준이 후배를 협박해서 뜯어낸 돈을 퇴직금을 더 받았다는 얘기와 함께 건네주면서 마음이 풀린 것이다. 남기준은 아내가 영영 떠나지 않을까 걱정했지만 기우에 불과했다. 기분이 풀어졌는지 웃고 있는 아내에게 남기준이 조심스럽게 말했다.

"나도 여행 좀 갔다 올게."

"혼자서?"

"바람을 좀 쐬고 심기일전해서 일자리 찾아야지."

남기준의 말에 아내는 고개를 끄덕거렸다. 자신이 없는 동안 남편이 죽을 고비를 넘겼다는 사실에 미안함을 느낀 것 같았다.

"그래, 잘 갔다 와. 그 동안 집은 내가 싹 치워놓을게."

"고마워."

"그런데 어디로 가게?"

아내의 물음에 잠깐 생각하던 남기준이 대답했다.

"월령"

"처음 듣네. 거기가 어딘데?"

아내의 물음에 남기준은 대수롭지 않다는 표정으로 대꾸했다.

"강원도. 사람 없는 조용한 곳이라 머리 식히기에는 딱이지."

"알았어."

선선히 승낙하는 아내를 보며 웃던 남기준은 파출소의 문이 열리고 경찰들이 허겁지겁 뛰어나오는 모습을 봤다. 그들 중 한 명이 순찰차라고 외치는 소리를 들은 남기준은 자신이 그린 시그니처의 위력을 재차 확인하며 만족스러워했다. 이전에 자신을 쫓아낸 회사 사장의 자동차 바퀴에도 같은 시그니처를 그렸었다. 사장은 그 차를 몰고 가다가 서강대교에서 추락해 시신도 찾지 못했다. 마음이 홀가분해진 남기준은 월령에 가서 할 일들을 머리로 정리했다. 일단 홍문자교의 신당을 불태워버릴 생각이었다. 혹시나 자신처럼 관심을 가진 사람이 그곳에 가서 시그니처의 존재를 아는 걸 막기 위해서였다. 그리고 황지애가 살던 곳을 수소문해서 그녀가 어떻게 시그니처를 접하게 되었는지를 파악할 생각이었다. 그러다가 혹시나 시그니처의 존재를 아는 사람이 있다면 제거할 생각이었다. 시그니처의 힘을 빌려서 말이다. 남기준은 마침내 승리자가 되었다는 사실과 눈앞의 아내에게 그걸 감춰야 한다는 것에 신경 쓰느라 지난번 화재 현장에서 자신을 지켜봤던 누군가의 존재를 전혀 느끼지 못하고 있었다.